Suzy e as águas-vivas

ALI BENJAMIN

Suzy e as águas-vivas

Tradução
Cecília Camargo Bartalotti

3ª edição
Rio de Janeiro-RJ / Campinas-SP, 2021

VERUS
EDITORA

Editora executiva
Raïssa Castro

Coordenação editorial
Ana Paula Gomes

Copidesque
Maria Lúcia A. Maier

Revisão
Cleide Salme

Capa
Marcie Lawrence (© Hachette Book Group, Inc., 2015)

Ilustração da capa
© Terry Fan e Eric Fan, 2015

Projeto gráfico e diagramação
André S. Tavares da Silva

Título original
The thing about jellyfish

ISBN: 978-85-7686-537-7

Copyright © Ali Benjamin, 2015
Todos os direitos reservados.

Tradução © Verus Editora, 2016
Direitos reservados em língua portuguesa, no Brasil, por Verus Editora. Nenhuma parte desta obra pode ser reproduzida ou transmitida por qualquer forma e/ou quaisquer meios (eletrônico ou mecânico, incluindo fotocópia e gravação) ou arquivada em qualquer sistema ou banco de dados sem permissão escrita da editora.

Verus Editora Ltda.
Rua Benedicto Aristides Ribeiro, 41, Jd. Santa Genebra II, Campinas/SP, 13084-753
Fone/Fax: (19) 3249-0001 | www.veruseditora.com.br

CIP-BRASIL. CATALOGAÇÃO NA FONTE
SINDICATO NACIONAL DOS EDITORES DE LIVROS, RJ

B416s

Benjamin, Ali
  Suzy e as águas-vivas / Ali Benjamin ; tradução Cecília Camargo Bartalotti. - 3. ed. - Campinas, SP : Verus, 2021.
  23 cm.

  Tradução de: The thing about jellyfish
  ISBN 978-85-7686-537-7

  1. Literatura infantojuvenil americana. I. Bartalotti, Cecília Camargo. II. Título.

16-34460
CDD: 028.5
CDU: 087.5

Revisado conforme o novo acordo ortográfico

Para as crianças curiosas do mundo inteiro

Coração fantasma

Uma água-viva, se você olhar para ela por tempo suficiente, parece um coração batendo. Não importa de que tipo ela seja: se a vermelhíssima *Atolla*, com suas luzes piscantes como as de uma viatura da polícia, se daquela variedade que parece um chapéu de flores cheio de babados, ou se a quase transparente medusa-da-lua, *Aurelia aurita*. É a pulsação delas, o jeito como se contraem rapidamente e relaxam em seguida. Como se fosse um coração fantasma, um coração através do qual se pode enxergar outro mundo, onde tudo o que a gente perdeu na vida foi se esconder.

Águas-vivas nem têm coração, claro. Nem coração, nem cérebro, nem osso, nem sangue. Mas olhe para elas por um tempo, e você vai ver como elas pulsam.

A sra. Turton diz que, se a gente viver até os oitenta anos, nosso coração baterá três bilhões de vezes. Fiquei pensando nisso, tentando imaginar um número tão grande assim. Três *bilhões*. Se contarmos três bilhões de horas para trás, os humanos modernos ainda nem existiriam. Só existiriam homens das cavernas, peludos, de olhos ferozes, soltando grunhidos. Três bilhões de anos atrás, e a própria vida mal teria começado a existir. Mas aí está seu coração, fazendo o trabalho dele o tempo todo, uma batida atrás da outra, até chegar a esses três bilhões.

Mas só se a gente viver todo esse tempo.

Ele está batendo enquanto você dorme, enquanto assiste à TV, enquanto está de pé na praia com os dedos dos pés enfiados na areia. Talvez, enquanto está ali parada, você esteja olhando para as cintilações de luz branca no oceano escuro e pensando se vale a pena molhar o cabelo outra vez. Talvez você note que as alças de seu maiô estão um pouco apertadas em seus ombros queimados, ou que o sol brilha demais em seus olhos.

Você estreita os olhos um pouco. Você está tão viva quanto qualquer outra pessoa neste momento.

Enquanto isso, as ondas continuam indo e vindo sobre os dedos dos seus pés, uma após a outra (quase como um batimento cardíaco, quer você note ou não), e a alça está apertando, e talvez o que você note, mais que o sol ou as alças, é como a água está fria, ou como as ondas criam espaços vazios na areia molhada sob seus pés. Sua mãe está em algum lugar mais ao lado; ela está tirando uma foto e você sabe que deveria virar para ela e sorrir.

Mas você não faz isso. Você não vira, não sorri, só continua olhando para o mar, e nenhuma de vocês sabe o que importa naquele momento, ou o que está prestes a acontecer (como poderiam?).

E, durante todo o tempo, seu coração só continua batendo. Ele faz o que precisa fazer, uma batida após a outra, até receber a mensagem de que é hora de parar, o que poderia acontecer daqui a poucos minutos sem que você sequer tenha ideia disso.

Porque alguns corações batem apenas uns 412 milhões de vezes.

O que pode parecer muito. Mas a verdade é que isso mal chega a doze anos.

PARTE UM

Objetivo

Não importa se você está escrevendo um relatório de ciências para a escola ou um artigo científico. Comece com uma introdução que estabeleça o objetivo para todas as informações que virão a seguir. O que esperamos descobrir com essa pesquisa? Como ela se relaciona com interesses humanos?

— Sra. Turton, professora de ciências do sétimo ano,
Escola de Ensino Fundamental II Eugene Field Memorial,
South Grove, Massachusetts

Toque

Durante as três primeiras semanas do sétimo ano, aprendi principalmente uma coisa: uma pessoa pode se tornar invisível simplesmente ficando em silêncio.

Eu sempre achei que ser vista estava relacionado ao que as pessoas percebiam com os olhos. Mas, quando chegou o dia do passeio de outono da Escola de Ensino Fundamental II Eugene Field Memorial ao aquário, eu, Suzy Swanson, tinha desaparecido completamente. Parece que ser vista tem mais relação com os ouvidos do que com os olhos.

Estávamos na sala dos tanques, ouvindo um funcionário barbudo do aquário falar em um microfone.

— Fiquem com a mão estendida na superfície da água — disse ele. Segundo sua explicação, se colocássemos a mão no tanque e a mantivéssemos totalmente imóvel, pequenos tubarões e arraias roçariam nossa palma como gatinhos domésticos. — Eles virão até vocês, mas precisam manter a mão estendida e imóvel.

Eu gostaria de sentir um tubarão roçar meus dedos. Mas havia muita gente em volta do tanque e muito barulho. Fiquei no fundo da sala. Só observando.

Tínhamos tingido camisetas na aula de artes, em preparação para esse estudo do meio. Manchamos as mãos de laranja e azul neon e agora usávamos as camisetas como um uniforme psicodélico. Acho que a ideia era ficarmos fáceis de avistar, caso alguém se perdesse. Algumas das meninas bonitas, como Aubrey LaValley, Molly Sampson e Jenna Van Hoose, tinham amarrado a camiseta com um nó na cintura. Eu usava a minha solta sobre os jeans, como um velho avental de pintura.

Fazia exatamente um mês que a Pior Coisa tinha acontecido, e quase esse mesmo tempo que eu tinha começado a adotar o *não-falar*. O que não é recusar-se a falar, como todo mundo acha que é. É só decidir não encher o mundo de palavras se não for necessário. É o oposto da *fala-contínua*, que é o que eu costumava fazer, e é melhor do que o *falar-à-toa*, que é o que as pessoas queriam que eu fizesse.

Se eu usasse o falar-à-toa, talvez meus pais não insistissem que eu fosse *ao tipo de médico com quem você pode conversar*, que era aonde eu ia esta tarde, depois do estudo do meio. Sinceramente, o raciocínio deles não fazia sentido. Quer dizer, se uma pessoa não está falando, se a ideia toda é não falar, então acho que *o tipo de médico com quem você pode conversar* é o último lugar aonde essa pessoa deveria ir.

Além disso, eu sabia o que significava *o tipo de médico com quem você pode conversar*. Isso queria dizer que meus pais achavam que eu tinha problemas na cabeça, e não era o tipo de problema que tornava difícil entender matemática ou aprender a ler. Significava que eles achavam que eu tinha problemas mentais, o tipo que Franny teria chamado de *paf paf*, uma redução de "parafuso solto", que significa "quebrado e com defeito".

Significava que eu estava com defeito.

— Fiquem com as mãos estendidas — dizia o funcionário do aquário para ninguém em particular, o que não fazia diferença, porque ninguém o estava ouvindo mesmo. — Esses animais podem sentir até os batimentos cardíacos na sala. Vocês não precisam mexer os dedos.

Justin Maloney, que é um menino que ainda move os lábios quando lê, ficava tentando pegar a cauda das arraias. A calça dele era tão larga que, toda vez que ele se inclinava sobre a água, eu via um bom pedaço da sua cueca. Notei que sua camiseta estava do avesso. Outra arraia passou, e Justin enfiou a mão no tanque com tanta rapidez que espirrou um monte de água em cima de Sarah Johnston, a menina nova, que estava de pé ao lado dele. Sarah enxugou a água salgada da testa e se afastou alguns passos de Justin.

Sarah é muito quieta, e eu gosto disso, e ela sorriu para mim no primeiro dia de aula. Mas então Molly se aproximou e começou a falar com ela, depois eu a vi conversando com Aubrey nos armários, e agora a camiseta de Sarah estava amarrada com um nó na cintura, como a delas.

Afastei o cabelo dos olhos e tentei prendê-lo atrás da orelha. *Miss Frizz, o cabelo indomável.* Mas ele caiu imediatamente sobre meus olhos outra vez.

Dylan Parker se enfiou atrás de Aubrey. Ele agarrou os ombros dela e os sacudiu.

— Tubarão! — gritou.

Os meninos ao lado dele riram. Aubrey soltou um berro agudo, assim como as meninas à sua volta, mas todas estavam dando risadinhas, do jeito que meninas às vezes fazem quando estão perto de meninos.

E, claro, isso me fez pensar em Franny. Porque, se ela estivesse ali, estaria rindo também.

Senti então aquele suor frio, o mesmo que sempre sentia quando pensava em Franny.

Fechei os olhos com força. Por alguns segundos, o escuro foi um alívio. Mas, de repente, uma imagem surgiu na minha cabeça, e não era boa. Imaginei o tanque se quebrando, as arraias e os pequenos tubarões se espalhando pelo chão. E isso me fez pensar em quanto tempo os animais poderiam resistir antes de se afogarem com o ar.

Tudo ficaria frio, estridente e luminoso para eles. E, então, eles parariam de respirar para sempre.

Abri os olhos.

Às vezes a gente quer com tanta força que as coisas mudem que não suporta nem sequer estar na mesma sala com as coisas do jeito que realmente são.

Em um canto do outro lado, uma seta apontava para uma escada, indicando outra exposição, "ÁGUAS-VIVAS", no andar de baixo. Fui até a escada e olhei para trás, para ver se alguém tinha notado. Dylan espirrou água em Aubrey, que deu um gritinho outra vez. Um dos monitores caminhou em direção a eles, já dando bronca.

Mesmo com minha camiseta tingida de neon, mesmo com meu cabelo de Miss Frizz, ninguém parecia me ver.

Desci as escadas, para a exposição das águas-vivas.

Ninguém notou. Ninguém mesmo.

Às vezes as coisas simplesmente acontecem

Você estava morta fazia dois dias inteiros antes que eu ao menos soubesse.

Era de tarde, fim de agosto, fim do longo e solitário verão depois do sexto ano. Minha mãe me chamou para entrar em casa e eu soube que algo estava errado, muito errado mesmo, só de olhar para ela. Fiquei apavorada, imaginando que talvez tivesse acontecido alguma coisa com meu pai. Mas, desde o divórcio, será que minha mãe se importava se ele se machucasse? Então pensei que talvez fosse com meu irmão.

— Zu — mamãe começou. Ouvi o zumbido da geladeira, o poing-poing do chuveiro pingando, o tique-taque do velho relógio sobre a lareira, que sempre marca a hora errada, a não ser que eu me lembre de dar corda nele.

Longas réstias de sol entravam pelas janelas, como espíritos através das paredes. Elas se deitavam no tapete e ali ficavam, imóveis.

Mamãe falou com a voz firme. Suas palavras saíram na velocidade normal, mas tudo pareceu desacelerar, como se o próprio tempo ficasse pesado. Ou talvez como se, de repente, ele tivesse parado de existir.

— Franny Jackson se afogou.

Quatro palavras. Provavelmente demoraram apenas uns dois segundos para sair, mas pareceram durar meia hora.

Meu primeiro pensamento foi: Que estranho. Por que ela está falando o sobrenome da Franny? Eu não me lembrava de já ter ouvido mamãe usar seu sobrenome. Você sempre foi só Franny para ela.

E, então, eu entendi o que ela tinha dito depois do seu nome.

Se afogou.

Ela disse que você tinha se afogado.

— Foi em uma viagem de férias — mamãe continuou. Notei como ela estava sentada imóvel, com os ombros muito rígidos. — Férias na praia.

Então ela acrescentou, como se isso pudesse, de alguma forma, ajudar a dar algum sentido para o que ela havia dito:

— Em Maryland.

Mas claro que suas palavras não faziam nenhum sentido.

Havia um milhão de razões para isso. Elas não faziam sentido porque não fazia tanto tempo que eu tinha visto você, e você estava tão viva quanto todo mundo. As palavras dela não faziam sentido porque você sempre nadou muito bem, melhor do que eu, desde o instante em que nos conhecemos.

Não fazia sentido porque o jeito como as coisas terminaram entre nós não era como deveriam terminar. Não era do jeito como nada deveria terminar.

No entanto, ali estava minha mãe, bem na minha frente, dizendo essas palavras. E, se as palavras dela fossem verdade, se ela estivesse certa sobre aquilo que estava me dizendo, isso significava que a última vez que eu tinha visto você, andando pelo corredor no último dia do sexto ano, carregando aquelas sacolas de roupas molhadas e chorando, seria a última para sempre.

Olhei séria para minha mãe.

— Não é verdade.

Não era. Não podia ser. Eu tinha certeza disso.

Mamãe abriu a boca para dizer algo e a fechou de novo.

— Ela não se afogou — insisti, mais alto dessa vez.

— Foi terça-feira — mamãe falou. Sua voz estava mais baixa do que antes, como se a minha voz mais alta tivesse sugado a energia de sua própria respiração. — Aconteceu na terça-feira. Eu só soube agora.

Agora era quinta-feira.

Dois dias inteiros já tinham se passado.

Sempre que penso nesses dois dias, nesse espaço entre o dia em que você se foi para sempre e o dia em que eu fiquei sabendo, penso nas estrelas. Você sabia que a luz da estrela mais próxima de nós leva quatro anos para nos alcançar? O que significa que, quando a vemos, quando vemos qualquer estrela, na verdade estamos vendo como ela era no passado. Todas aquelas luzes cintilantes, cada estrela no céu, pode já ter se apagado anos atrás. Todo o céu noturno poderia estar vazio neste exato instante e nós nem saberíamos.

— Ela sabia nadar — falei. — Ela nadava muito bem, lembra?

Quando mamãe não disse nada, eu tentei de novo.

— Lembra, mãe?

Ela só fechou os olhos e apoiou a testa na palma das mãos.

— É impossível — insisti. Por que ela não percebia que era impossível?

Quando mamãe levantou os olhos, falou devagar, para que eu ouvisse cada palavra.

— Até bons nadadores podem se afogar, Zu.

— Mas não faz sentido. Como ela poderia...?

— Nem tudo faz sentido, Zu. Às vezes as coisas simplesmente acontecem. — Ela sacudiu a cabeça e respirou fundo. — Parece mentira. Eu também não consigo acreditar...

Então ela fechou os olhos por longos segundos. Quando os abriu de novo, seu rosto se contorceu de um jeito horrível. Lágrimas começaram a correr por suas bochechas.

— Sinto muito — disse ela. — Sinto muito, muito mesmo.

Ela estava grotesca com o rosto todo franzido daquele jeito. Eu odiei a cara que ela estava fazendo. Desviei os olhos, com aquelas palavras sem sentido ainda revirando em minha cabeça.

Você se afogou.

Nadando em Maryland.

Dois dias atrás.

Não, nada daquilo fazia sentido. Não naquela hora, nem mais tarde naquela noite, quando a Terra se inclinou na direção das estrelas. Nem na manhã seguinte, quando ela girou de volta para a luz do sol.

Não fazia sentido que o mundo pudesse rolar de volta para a luz do sol.

Todo esse tempo, eu tinha achado que a nossa história fosse isto: a nossa história. Mas acontece que você tinha sua própria história, e eu tinha a minha. Nossas histórias podem ter se cruzado por alguns anos, o suficiente para que até parecessem ser a mesma história. Mas eram diferentes.

E isso me fez perceber o seguinte: a história de cada pessoa é diferente, o tempo todo. Ninguém está com ninguém de verdade, mesmo que às vezes pareça estar.

Houve um tempo em que minha mãe sabia o que tinha acontecido com você, em que o peso disso já a havia atingido, enquanto eu estava simplesmente correndo pela grama, como se fosse um dia qualquer. E houve um tempo em que alguma outra pessoa sabia, e minha mãe não. E um tempo em que a sua mãe sabia, e quase mais ninguém no planeta.

E isso significa que houve um tempo em que você tinha ido embora e ninguém na Terra fazia a menor ideia. Só você, sozinha, desaparecendo na água, e ninguém sequer imaginando ainda.

E esse é um pensamento incrivelmente solitário.

"Às vezes as coisas simplesmente acontecem", minha mãe havia dito. Foi uma resposta terrível, a pior possível.

A sra. Turton diz que, quando acontece algo que ninguém consegue explicar, significa que chegamos aos limites do conhecimento humano. E é aí que a ciência é necessária. A ciência é o processo de encontrar explicações que ninguém mais pode lhe dar.

Aposto que você nunca nem se encontrou com a sra. Turton.

Às vezes as coisas simplesmente acontecem não é uma explicação. Não é nem remotamente científico. Mas, por semanas a fio, isso foi tudo que eu tinha.

Até que me vi naquela sala no piso inferior do aquário, olhando para as águas-vivas do outro lado do vidro.

Invisível

A exposição de águas-vivas, no piso de baixo daquele onde o resto da minha turma do sétimo ano jogava água uns nos outros, estava quase vazia. Era quieto ali embaixo, o que era um alívio.

A sala estava cheia de tanques de águas-vivas. Vi águas-vivas cujos tentáculos eram mais finos do que fios de cabelo; o aquário devia ter luzes projetadas no tanque, porque os animais ficavam mudando de cor. Ao lado, em outro tanque, vi águas-vivas com tentáculos que redemoinhavam como os fios de cabelo de uma menina fariam se ela flutuasse sob a água. Em um terceiro tanque, os tentáculos das águas-vivas eram tão espessos e retos que parecia que os animais haviam criado sua própria prisão. Havia até um tanque cheio de bebês águas-vivas recém-nascidos; pareciam flores brancas, minúsculas e delicadas.

Essas estranhas criaturas, todas elas, pareciam quase alienígenas. Alienígenas graciosos. Silenciosos. Como bailarinas alienígenas que dançavam sem necessidade de música.

Perto do canto da sala havia um quadro que dizia "UM ENIGMA INVISÍVEL". Eu sabia o que queria dizer *enigma*. Minha mãe muitas vezes falava que eu era um, especialmente quando eu mergulhava ovo frito em geleia de uva ou usava de propósito meias descombinadas. *Enigma* significa "mistério". Eu gosto de mistérios, então me aproximei para ler o quadro. Uma fotografia mostrava dois dedos segurando um frasco muito pequeno. Dentro do frasco, quase impossível de ver, flutuava uma água-viva transparente, mais ou menos do tamanho de uma unha.

O texto explicava que o frasco continha algo chamado água-viva irukandji, cujo veneno está entre os mais perigosos do mundo. Alguns até diziam que ele era mil vezes mais forte que o da tarântula.

> A picada de uma irukandji resulta em dor de cabeça e dor no corpo excruciantes, vômito, sudorese, ansiedade, batimentos cardíacos perigosamente acelerados, hemorragia cerebral e líquido nos pulmões. Quando picados, os pacientes relatam uma sensação de morte iminente; alguns ficam tão certos de que a morte está próxima que imploram aos médicos para matá-los e "acabar logo com aquilo".

Bem, isso parecia completamente horrível. Continuei lendo:

> Há, de fato, uma série de mortes documentadas decorrentes da síndrome de irukandji, e não se sabe se picadas dessa água-viva teriam sido a verdadeira causa de mortes equivocadamente atribuídas a outros fatores. Cientistas estão trabalhando para descobrir mais sobre o veneno e se o efeito real da picada da irukandji é muito maior do que se considerava antes.
>
> Embora a irukandji viva em quantidades abundantes na costa da Austrália, sintomas parecidos foram observados ao norte, nas ilhas Britânicas, além de no Havaí, Flórida e Japão. Por esse motivo, diversos pesquisadores acreditam que a irukandji tenha migrado para muito além de seu habitat original, na Austrália. Com o aquecimento dos oceanos, é provável que a irukandji, como outras águas-vivas, continue migrando para lugares cada vez mais distantes.

Quando terminei de ler o texto, voltei ao começo e li de novo. Depois uma terceira vez.

Olhei para a fotografia, para aquela pequena criatura transparente. Ninguém jamais veria aquilo na água. Ela seria completamente invisível.

Retornei para a explicação no quadro. Olhei para aquelas palavras por um longo tempo.

Uma série de mortes documentadas...
Migrando para lugares cada vez mais distantes...

Minha cabeça zumbiu, e me senti um pouco tonta. Era como se nada no mundo existisse além de mim, daquelas palavras e das criaturas silenciosas que pulsavam à minha volta.

Equivocadamente atribuídas a outros fatores...

Olhei para as palavras por tanto tempo que elas começaram a parecer estranhas, como se estivessem escritas em uma língua totalmente diferente.

Foi só quando soltei o ar que percebi que estava segurando a respiração.

Então o som das vozes de meus colegas voltou aos meus ouvidos, e eu corri pela escada para o tanque onde os havia deixado.

Mas, lá em cima, tudo estava diferente. O funcionário barbudo do aquário tinha sido substituído por uma mulher com um rabo de cavalo loiro. Ela dizia todas as mesmas coisas ao microfone: "Mãos estendidas, mantenham-se imóveis". As camisetas tingidas de meus colegas também haviam desaparecido; agora o tanque estava cheio de crianças com uniforme bege e xadrez. Era um grupo de uma escola diferente.

Imaginei se meus colegas teriam voltado para a escola sem mim.

Fui para a parte principal do aquário e olhei em volta. Não demorei para avistar as camisetas tingidas. Elas serpenteavam ao redor de um gigantesco tanque de água do mar, como um cardume de peixes sarapintados de cores brilhantes.

Não tinham nem se interessado em visitar a exposição de águas-vivas. Não sabiam nada sobre a irukandji. Nunca nem se questionariam sobre isso.

Então eu entendi: ninguém jamais se questionaria. Ninguém, a não ser eu.

Como fazer uma amiga

Na primeira vez que eu te vi, você estava usando um maiô azul-claro. Da cor de um céu de verão, com brilhos espalhados por todo ele, como estrelas, e parece que dia e noite estão acontecendo ao mesmo tempo.

Tenho cinco anos e logo vou começar a pré-escola. Estamos na grande piscina coberta. É barulhento aqui. Tudo ecoa. As mães estão sentadas em uma arquibancada atrás de nós. Elas nos trouxeram aqui, para essa turma que eles chamam de Lambaris, para aprendermos a pôr o rosto na água e bater os pés.

A professora sopra um apito e chama as crianças pelo nome, uma por vez. Nós temos que nos segurar a uma prancha de isopor e bater os pés enquanto ela nos puxa pela parte rasa da piscina. Mas você não pula na piscina quando ela chama seu nome, e eu também não pulo quando ela chama o meu.

Seu cabelo parece palha ao sol. Eu gosto de suas sardas, do jeito como elas parecem constelações em sua pele.

Quando somos as últimas sentadas ali, só nós duas na borda da piscina, a professora com o apito vem até nós. Ela diz: "Desculpem, meninas, mas é hora de se juntarem ao restante da turma".

Eu já ia fazer não com a cabeça quando você se vira para mim. Olha direto nos meus olhos e vejo seus lábios cor-de-rosa se separarem. Um sorriso. Então você respira fundo e desce para a água. A professora lhe dá uma prancha de isopor, mas você não a pega.

Em vez disso, você mergulha. Olhos, cabelos, tudo. E sai nadando. A extensão inteira, até onde as outras crianças seguram suas pranchas. A distância toda embaixo da água.

Eu sigo você. Desço para a água, não porque a professora manda, mas porque quero saber nadar como você. E porque gosto de suas sardas, de seu cabelo cor de palha ao sol e do sorriso que você me mostrou. E porque, neste momento, fazer uma amiga, e ter uma amiga, parece a coisa mais fácil do mundo.

Cento e cinquenta milhões de picadas

Quando cheguei em casa, na tarde do passeio ao aquário, fiquei surpresa ao ver o jipe de meu irmão parado ao lado do carro da mamãe. Perto do jipe de Aaron, sentado no chão de pernas cruzadas, estava seu namorado, Rocco.

Eu tinha passado a maior parte do trajeto no ônibus pensando nas águas-vivas. Uma placa ao lado de um dos tanques dizia que acontecem 150 milhões de picadas de água-viva por ano. Então, durante a viagem de volta para a escola, enquanto os outros alunos gritavam, ouviam música, jogavam bilhetinhos de um banco para outro e tentavam fazer os motoristas de caminhão buzinarem, eu fazia cálculos nas últimas páginas de meu caderno de ciências.

Cento e cinquenta milhões de picadas por ano é igual a quase 411 mil picadas por dia, o que é igual a 17 mil picadas de água-viva por hora.

E isso significa quatro a cinco picadas a cada único segundo.

Fechei os olhos no ônibus e contei até cinco. Quando terminei, umas 23 pessoas tinham acabado de sofrer picadas.

Então fiz de novo. *Um, dois, três, quatro, cinco.* Mais 23 pessoas.

Contei de novo, e de novo. Contei tanto que a contagem e as picadas começaram a parecer a mesma coisa: como se, em vez de medir as picadas, eu estivesse, de alguma forma, fazendo com que elas acontecessem. E, embora eu soubesse que isso não podia ser verdade, alguma parte de mim quase acreditava. Tinha a sensação de que, se eu simplesmente parasse de contar, talvez pudesse fazer as picadas pararem.

Mas eu não conseguia parar de contar até cinco. Era como se uma parte de meu cérebro insistisse em desafiar a outra parte.

Sentado no asfalto, Rocco estreitou os olhos sob o sol ao levantar o rosto para mim.

— E aí, Suzy Q? — disse ele. — Lindo dia, hein?

Não respondi. Ele já devia saber que eu não ia responder mesmo. Então indicou o céu com a mão.

— "Se eu fosse um pássaro, voaria pela terra em busca de sucessivos outonos..."

Ele nem parecia estar falando comigo. Eu gostava disso. Era como observar os pensamentos íntimos de alguém, como se eu estivesse ali e não-ali ao mesmo tempo.

— George Eliot — ele explicou, e eu concordei com a cabeça, como se soubesse quem era. Rocco faz pós-graduação em literatura inglesa na universidade em que Aaron é técnico da equipe de futebol feminino. Rocco está sempre citando alguém.

Se eu fosse o tipo de pessoa que ainda dizia coisas, poderia ter lhe dito: "Conte até cinco". E, quando ele tivesse terminado de contar, eu poderia ter lhe falado sobre as 23 picadas.

Então eu o faria contar de novo. E diria: "Quarenta e seis picadas". E de novo. "Sessenta e nove."

Rocco interrompeu meus pensamentos:

— O Aaron e eu paramos aqui para tentar convencer você e a sua mãe a irem ao cinema conosco — disse. — Mas ela falou que você tem consulta com um médico.

O médico com quem eu poderia conversar. Eca.

Ele sorriu.

— Sua mãe, claro, aproveitou a oportunidade para passar adiante alguns dos "tesouros" dela. Ela está entulhando o Aaron neste instante.

Ele enfatizou a palavra "tesouros", e eu tive que sorrir. Mamãe gosta de fazer compras em lojas de artigos usados. Ela chama de caça ao tesouro, embora eu nunca tenha entendido exatamente o que faz com que o aparelho de fondue ou o vaso lascado que alguém descartou seja um *tesouro*. Mamãe não consegue resistir ao que ela considera ser um bom negócio. Nossa casa está abarrotada de caixas de objetos estranhos, como potes cheios de botões (ela não costura), formas para muffins (ela não cozinha) e agulhas de tricô unidas com fita adesiva (ela não faz tricô).

Rocco bateu a mão no asfalto a seu lado.

— Sente-se. — Era bom ser convidada, mas eu precisava continuar pensando naquelas picadas. Sacudi a cabeça e fiz um breve aceno de despedida. Rocco me saudou também, fechou os olhos e levantou o rosto para o sol.

Fui caminhando para casa, somando números o mais rápido possível.

Cento e quinze picadas.

Cento e trinta e oito.

Cento e sessenta e uma.

Lá dentro, Aaron estava parado perto da porta da frente, segurando uma caixa de papelão repleta de artigos de cozinha: uma bandeja amarela de metal com desenhos de galos, um batedor de ovos, uma máquina de waffle com aparência desgastada e a etiqueta de preço (3,97 dólares) ainda visível.

— Ora, ora, ora. Olhe só quem está aqui. — Aaron sorriu para mim. Meu irmão. Bronzeado e atlético, sempre pronto, com um sorriso fácil. Às vezes Aaron parecia quase bom demais para ser verdade.

Mamãe apareceu na entrada da cozinha.

— Oi, Zu! — disse e piscou para mim. Ela me chamava assim desde sempre. Zu é a redução de *Suzy*, o que é engraçado, porque *Suzy* já é a redução de *Suzanne*. Uma vez, alguns anos atrás, eu tentei fazê-la me chamar apenas de Z, que é o apelido mais curto de todos, mas não pegou. — Vamos sair para sua consulta em quinze minutos. Seu pai vai nos encontrar lá.

Mamãe estava com sua roupa de trabalho, o terninho que ela sempre usa para mostrar casas. Mas estava descalça, e seus cabelos rebeldes — porque foi dela que eu herdei minha juba indomável — tinham caído do coque.

Ela colocou pegadores de salada no alto da caixa de Aaron.

— Mãe — disse Aaron —, nós não precisamos de mais nada.

— Só um segundinho — ela respondeu. — Tenho uma tábua de cortar que quero dar para vocês. — Ela agachou no chão da cozinha, abriu um armário e começou a remexer lá dentro.

— O Rocco está esperando, mãe — Aaron falou, depois olhou para mim com ar de impaciência. Eu girei o dedo ao lado do ouvido, como para dizer: "Louca".

— E aí — disse ele, apenas para mim agora, enquanto mamãe batia panelas e frigideiras na cozinha. — Tudo bem na escola?

Dei de ombros.

Ele me olhou bem de frente.

— Suzy, o fundamental II é uma droga. Você sabe disso, não é?

Olhei para o chão.

— Não, sério, Suzy. Quando eu estava no sétimo ano, tudo o que eu queria era cair fora dali. E eu nem tinha perdido a minha melhor am... — Ele parou depressa e sacudiu a cabeça. — Só quero dizer que não vai ser sempre assim.

Como eu não respondi, ele acrescentou:

— Eu prometo, Suzy.

E assim, do nada, senti um nó se formando em minha garganta.

Mamãe saiu toda alegre da cozinha, trazendo uma tábua de madeira rachada, em forma de porco.

— Achei! É claro que vocês precisam de uma tábua de cortar. Todo mundo precisa de uma tábua de cortar decente.

Ela a pôs no alto da caixa e Aaron riu.

— Hummm — disse ele, franzindo a testa para a tábua em forma de porco. — Mas talvez não *desta*...

Mamãe lhe deu um tapinha amoroso no braço.

— Seja bonzinho com a sua velha mãe.

— Certo, mas será que agora a minha velha mãe pode me deixar ir ao cinema?

— Claro — ela respondeu, com um suspiro. — Vou separar uma pilha de coisas de cozinha e guardar para você pegar depois.

Segui para o meu quarto, e meu irmão gritou atrás de mim:
— Até mais, Suzy!

Sentei à minha escrivaninha e abri o caderno. Comecei uma nova contagem.

Um... dois... três... quatro...

Pela janela, vi Aaron se aproximar de Rocco.

Vinte e três picadas.

Águas-vivas estavam picando a cada segundo de cada minuto de cada dia.

Rocco se levantou, pegou a caixa das mãos de Aaron e a levou para o carro.

Quarenta e seis picadas.

Elas estavam picando dia após dia, semana após semana, mês após mês, ano após ano.

Rocco pôs a caixa no banco traseiro.

Sessenta e nove picadas.

Ele pegou a tábua de cortar em forma de porco e olhou para Aaron. Aaron encolheu os ombros, como se dissesse: "Essa é minha mãe".

Noventa e duas.

Então eles entraram no carro e fecharam as portas. Pelo para-brisa, vi Rocco mexer no cabelo de Aaron. Eles pareciam rir. Inclinaram-se um para o outro e se beijaram antes de Aaron dar ré e sair para a rua. E então se foram. Para o cinema, para o tipo de vida que as pessoas têm quando suas palavras não arruínam tudo.

Ver aqueles dois, toda aquela felicidade tranquila, me deu uma sensação confusa por dentro. Era como se eu pudesse me lembrar da felicidade, mas também não conseguisse me lembrar dela, tudo ao mesmo tempo.

Mais que tudo, porém, eu sabia que não merecia a felicidade.

Eu nunca mais a mereceria.

PARTE DOIS

Hipótese

Uma hipótese é uma possível explicação, uma resposta sugerida para a pergunta que está na base de sua pesquisa. Pense nela como sua melhor suposição.

— Sra. Turton

Melhor suposição

Depois que Aaron e Rocco foram embora, puxei meu caderno e comecei a escrever:

- Há 7 bilhões de pessoas no planeta.
- Há 150 milhões de picadas de águas-vivas por ano.
- Sete bilhões dividido por 150 milhões dá 46,6.
- Isso significa que há uma picada de água-viva para cada 46,6 pessoas.
- Como não existe 0,6 pessoa, é claro, o que isso realmente significa é que há uma picada de água-viva para cada 46 ou 47 pessoas.
- Eu conheço muito mais pessoas do que isso na vida real.
- Portanto, há uma boa probabilidade de que eu conheça pelo menos uma pessoa que tenha sido picada por uma água-viva.
- Ninguém jamais me disse que foi picado por uma água-viva.
- Portanto, é provável que a pessoa que eu conheço que foi picada por uma água-viva não tenha me contado.
- Talvez ela não tenha me contado porque não podia.
- Talvez ela não pudesse me contar porque está morta.
- Talvez ela esteja morta por causa dessa picada de água-viva.

Baixei a caneta e fiquei sentada em silêncio por algum tempo. Lá embaixo, ouvi mamãe me chamar, mas eu estava ocupada demais, pensando, para responder.

Talvez mamãe estivesse errada. Talvez as coisas não *acontecessem simplesmente*, como ela havia tentado me dizer. Talvez as coisas não fossem tão aleatórias, como todo mundo parecia tão decidido a aceitar.

Tudo tinha acabado da pior maneira entre mim e Franny. Se eu soubesse, teria pedido desculpas pelo jeito como as coisas aconteceram. Teria pelo menos dito adeus. Mas a gente nem sempre percebe a diferença entre um novo começo e um fim do tipo para sempre. Agora era tarde demais para consertar qualquer coisa.

Mas talvez ainda houvesse algo que eu pudesse fazer. Talvez pudesse provar que houve de fato um vilão na história de Franny. Um vilão pior do que eu.

Peguei a caneta de novo e escrevi:

HIPÓTESE: Que a Pior Coisa foi causada por uma picada de água-viva irukandji.

Então a porta do meu quarto se abriu de repente. Mamãe estava ali, com uma expressão muito zangada.

— Zu — disse ela, com a voz determinada. — *Vamos*.

Fechei o caderno, e, no momento seguinte, estávamos a caminho do *médico com quem eu poderia conversar*, embora qualquer um que me conhecesse soubesse de antemão que eu não ia dizer absolutamente nada.

PARTE TRÊS

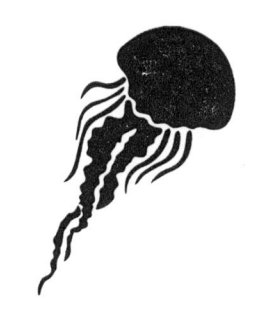

Referencial

Seus dados proporcionam o contexto para sua investigação científica. O que já sabemos? O que não sabemos? Por que isso importa?

— Sra. Turton

O começo da vida

Eu poderia falar muito sobre águas-vivas. A primeira coisa que quero contar é isto: elas são mais velhas que os dinossauros, mais velhas que os insetos, mais velhas que árvores, flores, samambaias, fungos ou sementes. Elas têm pelo menos seiscentos milhões de anos, e são provavelmente mais velhas do que qualquer tipo de vida que você já tenha visto com seus olhos ou imaginado em seu cérebro.

Houve cinco extinções em massa desde que as águas-vivas entraram em cena. Uma dessas extinções, a Grande Mortandade, matou nove em cada dez espécies na Terra. Imagine isso. Seria como ir ao zoológico e descobrir que quase todos os animais haviam desaparecido. Talvez todas as jaulas estivessem vazias, exceto por um punhado de aves, um ou dois pequenos roedores, alguns mariscos e caramujos. Tudo o mais teria simplesmente sumido, *puf*, deixando suas jaulas para sempre sem vida.

Mas não são só extinções em massa que aniquilam espécies. Quase todas as espécies que já existiram já desapareceram para sempre.

E aí é que está o ponto: toda essa mortandade, todas essas extinções? Elas não fizeram nada com as águas-vivas.

Se fosse possível construir uma ponte de onde estamos hoje — um tempo de pavões e girafas, borboletas-monarcas e seres humanos que se empurram nos armários da escola — até o início do que a maioria de nós entende como vida, essa ponte seriam as águas-vivas.

Águas-vivas separam o mundo que *foi* do mundo que *é*.

Vamos fazer um cálculo: se todo o tempo que se passou desde que as águas-vivas apareceram fosse comprimido em uma vida de oitenta anos, três bilhões de batimentos cardíacos, os humanos entrariam em cena apenas nos últimos dez dias da pessoa na Terra, mais ou menos o último milhão de batimentos cardíacos. As águas-vivas teriam estado presentes durante todo o resto: nascimento, fase de bebê, infância. Nós, humanos, só apareceríamos para testemunhar as ofegantes respirações finais.

E, se é verdade o que dizem, se é verdade que a sexta extinção em massa está ocorrendo neste exato momento, se o mundo à nossa volta estiver morrendo de maneiras que não podemos nem imaginar, então talvez esse seja o nosso fim também, e de tudo o que conhecemos.

E essa é uma coisa muito assustadora para se pensar.

Mas o principal ponto a destacar é este: durante todo o tempo, desde antes de qualquer uma dessas extinções, das origens da vida até este exato minuto, as águas-vivas estiveram aqui, pulsando para cá e para lá nos oceanos.

Águas-vivas são sobreviventes. Elas sobreviveram a tudo o que já aconteceu com todos os outros seres.

Como ter uma amiga

*E*stamos do lado de fora de casa e é verão. Sua mãe deixou a gente ficar acordada até mais tarde do que de costume — mais tarde, diz ela, do que crianças de sete anos deveriam. Você e eu começamos a noite em minha casa. Planejamos dormir lá. Era a primeira vez que você ia dormir fora. Mas, depois do jantar, você mudou de ideia e chorou, então minha mãe ligou para a sua e ela veio nos pegar.

Por isso, agora, vamos dormir na sua casa.

Estamos correndo em círculos sem parar. O céu está escurecendo e vultos negros movem-se pelo ar acima de nós. Tenho certeza de que são morcegos. Eu lhe digo isso e você grita. Corremos mais depressa.

Eu sei algumas coisas sobre morcegos. Sei que morcegos são os únicos mamíferos que voam, porque li isso em um livro.

Sou uma boa leitora agora e, às vezes, conto a você sobre o que eu li, e você me pede para contar ainda mais. Como quando eu lhe contei que os dentes dos coelhos nunca param de crescer e você quis que eu lhe falasse tudo o mais que eu sabia sobre coelhos: que eles não conseguem vomitar, que eles comem o próprio cocô e que as orelhas de coelho mais longas já vistas mediam 79 centímetros.

Meus pais têm uma palavra para o que eu faço: fala-contínua, como se isso fosse uma única palavra. E eles me explicam que é importante deixar os outros falarem também. "Faça perguntas para as pessoas", minha mãe sempre diz. "Não é uma conversa se você está em fala-contínua." E eu tento me lembrar disso, de fazer perguntas às pessoas.

Mas você gosta quando eu lhe conto coisas. Você não precisa que eu lhe faça perguntas. Você nunca chamou o que eu faço de fala-contínua.

Estendemos os braços como asas e, quando caímos na grama, respiramos ofegantes, rimos, e o mundo gira à nossa volta em uma vertigem.

Marshmallow, sua cadelinha, observa. Ela ainda é só um bebê, uma bolinha de pelo branco. Enquanto corremos, ela gane e agita a cauda, que na verdade é só um toquinho, porque alguém a cortou quando ela nasceu. Marshmallow está com uma coleira no pescoço, com a ponta encaixada em um pauzinho no chão; não custaria nada para ela arrancar o pauzinho e vir correndo atrás de nós, mas ela não faz isso. Ela acha que está mais presa do que está de verdade.

E quer saber? Eu não me importo de não estarmos em minha casa como tínhamos combinado, e não me importo que você ainda use um copo com bico à noite, mesmo que nós já estejamos quase no segundo ano. Não me importo que você às vezes chore porque sente falta de seu pai, de quem você nem se lembra. Não me importo que você escreva seus Ns ao contrário, e que às vezes leia sapo em vez de sopa, e que, por isso, tenha que ir às aulas de verão este ano. Não me importo que seu rosto, seu pescoço e suas orelhas fiquem muito vermelhos quando você tem que ler em voz alta na classe, ou que você às vezes tenha dificuldade para encontrar ideias para uma história. Eu tenho ideias de sobra para nós duas.

Também não me importo que, no fim do ano escolar, uma menina chamada Aubrey tenha dito, alto o suficiente para todos ouvirem: "A Franny Jackson não é bonita nem inteligente".

Eu vi o seu rosto quando ela disse isso. Vi como ele ficou vermelho e vi você olhar para o chão, como se isso a ajudasse a conter as lágrimas. Mas você não conseguiu, e começou a chorar, e chorou durante quase todo o intervalo, até eu sussurrar para você que o parquinho era na verdade o Antigo Egito e que o espaço entre os balanços e o escorregador era o rio Nilo. Se nós atravessássemos esse espaço correndo muito, talvez conseguíssemos evitar os crocodilos. E isso fez você sor-

rir, mesmo com o nariz ainda sujo, e logo estávamos as duas correndo e rindo como sempre.

Então eu não me importo com essas outras meninas, assim como não me importo que, em meu relatório de final de primeiro ano, a professora tenha dito que talvez você e eu devêssemos tentar fazer outras amizades, que talvez "diversificar" me ajudasse com minhas "habilidades sociais", seja lá o que isso quer dizer.

A professora não entende. Ela não entende que temos tudo de que precisamos, exatamente do jeito que somos. Como neste momento: temos a grama sob nossos pés e o toquinho de cauda de Marshmallow balançando, e os giros, e as risadas, e o céu escurecendo sobre nossa cabeça.

Consultório

Mamãe e eu estávamos sentadas dentro do carro, no estacionamento do Edifício-Escola Rua Um. Que, a propósito, fica na Rua Garis e não é uma escola. É um punhado de consultórios, um dos quais, por acaso, pertence a M. Perner, psicologia infantil.

Pelo vidro, vi meu pai esperando que saíssemos do carro.

— Zu — minha mãe disse. — Por favor, não nos faça ficar mais atrasadas do que já estamos.

Cruzei os braços. Com exceção disso, permaneci completamente imóvel.

— Escute, Zu. O fato de estarmos aqui não significa que a gente ache que tem algo errado com você.

Vocês acham que eu sou paf paf. É por isso que estamos aqui.

Como se pudesse ouvir meus pensamentos, mamãe acrescentou:

— Eu sei que você está triste, Zu, mas também tenho certeza de que vai ficar bem. É que o seu pai e eu...

Ela suspirou e olhou para ele. Depois levantou o dedo indicador, como para dizer: "Só um minuto". Ele concordou com a cabeça e acenou.

— Nós queremos ter certeza de estar fazendo tudo o que podemos para ajudar você. — E suspirou outra vez. — Além de lhe dar tempo, essa é a única coisa que conseguimos pensar em fazer.

Como eu não disse nada, ela continuou:

— Eu sei que você não quer estar aqui, Zu. Mas vou lhe pedir para sair do carro mesmo assim.

Franzi a testa, mas abri a porta.

— E aí, filhota — papai me cumprimentou. — Como você está? — A voz dele era toda amistosa, como se não estivéssemos naquele estacionamento por eu estar com defeito. Como se ele não telefonasse o tempo todo para minha mãe para falar do meu *não-falar*. Mamãe sempre fingia que estava atendendo uma ligação de trabalho, mas eu a ouvia dizer coisas como: "Eu não sei, Jim... Não, não tenho a menor ideia do motivo... Eu juro... Sim, estou tentando. *Claro* que eu disse isso a ela".

Papai me envolveu nos braços e me puxou para si em um meio abraço, como se eu fosse responder, simplesmente: "Ótima, pai, eu estou ótima".

Entramos no prédio e subimos até a sala 307, que tem na porta a plaquinha M. Perner, psicologia infantil.

O médico com quem eu poderia falar era diferente do que eu esperava. Para começar, M. Perner era uma mulher. Além disso, os cabelos dela eram lisos e muito pretos, como os de um vampiro. Suas pernas se estendiam, longas e finas, sob uma saia curta, e ela usava meias pretas rendadas, o que eu, sinceramente, não achei muito profissional.

Dra. Pernas, pensei e franzi a testa.

Ela nos conduziu para um consultório com carpete grosso e cadeiras de couro e fez sinal para que nos sentássemos.

A cadeira rangeu quando eu me acomodei nela.

A dra. Pernas olhou diretamente para mim.

— Seus pais me ligaram, Suzanne, porque estão preocupados com você.

Desviei o olhar para a janela, embora tudo que eu pudesse ver fosse outra janela, com as cortinas fechadas, cercada por uma parede de tijolos.

— Eles me disseram que você anda muito quieta ultimamente. É isso mesmo?

Cruzei os braços, com os olhos ainda na janela. Se ela sabia disso, o que a fazia pensar que eu responderia à sua pergunta? Aliás, por que ela estava me fazendo uma pergunta para a qual claramente já sabia a resposta?

— E disseram que você parou de falar logo depois que perdeu sua amiga. É isso?

Não era minha amiga, pensei. *Não quando isso aconteceu, pelo menos.*

— Bom, eu quero que você saiba — ela continuou, como se eu tivesse respondido — que cada pessoa tem seu próprio modo de vivenciar o luto. Não há uma maneira certa ou errada de sofrer por alguém que você amava.

Olhei para a estante dela. Estava cheia de livros com títulos como *O milagre da consciência plena*, *Vítimas nunca mais*, *Como superar a depressão com o tempo*, *Para não molhar mais a cama*.

Enquanto a dra. Pernas falava, eu me imaginei rearranjando as palavras dos títulos.

Tempo nunca mais.

Depressão plena.

Vítimas do milagre de molhar a cama.

— Meg. — A dra. Pernas virou-se para minha mãe. — Como a recusa da Suzanne a falar afeta você?

Às vezes as lágrimas de minha mãe são lágrimas tristes, às vezes são lágrimas felizes, e às vezes são o que ela chama de lágrimas de amor, mas nem sempre sei dizer a diferença entre elas. Vi os olhos dela se umedecerem e pensei: *Essas devem ser do tipo triste.*

— A Suzy parece tão... infeliz — minha mãe disse, com a voz mais baixa e pesada do que eu queria que fosse.

Parecia cruel pedir para minha mãe falar sobre algo que a fazia chorar. Sinceramente, eu não estava muito impressionada com o caráter da dra. Pernas.

Quando minha mãe terminou de explicar que só queria mesmo que eu a deixasse ajudar, a dra. Pernas virou-se para meu pai.

— Conte-me, Jim — disse ela. — Com que frequência você vê a Suzanne?

— Toda semana — ele respondeu. — Todo sábado à noite.

— E você mantém essa rotina?

— Sempre.

Era verdade. Todos os sábados, sem falhar um, papai e eu íamos ao Ming Palace, um restaurante chinês enfiado entre uma academia de ginástica e um supermercado, na Rua 24. Era uma promessa que papai tinha feito quando saiu de casa: que, não importava quanto ele tivesse que viajar no restante da semana, estaria lá aos sábados, às seis da tarde. Todas as semanas.

— Você sente a mesma coisa que a Meg? — a dra. Pernas perguntou. — Acha que a Suzanne está infeliz?

— O que *você* acha? — ele revidou. Depois franziu a testa e respirou fundo. — Desculpe, mas... claro que ela está infeliz. É por isso que estamos aqui.

Ele olhou para o chão. Quando falou de novo, sua voz soou mais baixa.

— Talvez eu pudesse lidar melhor com o silêncio se ainda morássemos juntos — disse ele. — Mas não estou por perto para dizer boa-noite para ela. E não estou lá quando ela se arruma para a escola de manhã. E não estou lá quando ela faz o dever de casa. Eu viajo o tempo todo e passo a semana inteira ansioso pelos fins de semana. Mas agora... agora ela nem fala mais comigo. É como se eu não tivesse mais nada. Ela... se foi.

Às vezes, quando eu não gosto do que está acontecendo, faço listas em minha cabeça. Decidi, naquele momento, fazer uma lista das coisas mais interessantes que eu me lembrava de ter visto na internet.

Uma vez vi fotos de duas meninas loiras, rindo e fazendo caretas uma para a outra, e tudo parecia muito amistoso e normal, exceto que os dois pescoços saíam de um único corpo.

Uma vez vi um homem com chifres de diabo cirurgicamente implantados na cabeça e tatuagens por todo o rosto. Não gostei muito de ver isso.

Uma vez vi um urso polar que tinha morrido de fome. O urso precisava de gelo para encontrar comida, mas todo o gelo tinha derretido. O urso era pele e ossos, como um tapete branco encaroçado, deitado na grama verde com uma pata levantada, em uma espécie de saudação.

Eu odiei ver isso.

— Suzanne — a dra. Pernas disse —, vou lhe pedir para tentar confiar em mim. Você pode falar qualquer coisa aqui. Qualquer coisa mesmo. Eu não vou julgar.

Concordei com a cabeça, porque parecia que era isso que a situação pedia. Mas eu já tinha parado de ouvir. O que eu realmente queria era voltar para o computador e começar a procurar tudo que pudesse sobre águas-vivas. Ainda nem fazia ideia de como uma pessoa começa a testar uma hipótese como a que eu havia formulado, e sabia que não tinha tempo a perder.

A dra. Pernas terminou o que quer que estivesse falando com as palavras "e é por isso que nós às vezes precisamos da ajuda de um *profissional*".

Levantei os olhos. Eu não sabia o que ela tinha falado, mas aquela palavra, *profissional*, pareceu importante.

— *Profissionais* são treinados para reconhecer padrões — ela continuou. — Tanto padrões bons como os padrões que uma pessoa talvez queira mudar. Profissionais são treinados para ajudar as pessoas a perceber coisas que elas têm dificuldade para entender sozinhas.

Naquele instante, uma ideia surgiu em minha cabeça.

— O que quero dizer — a dra. Pernas prosseguiu — é que não se pode esperar que uma menina de doze anos consiga resolver *todos* os problemas sozinha, correto?

Ela estava absolutamente certa. Eu de fato precisava de um profissional. Não para o meu *não-falar*, claro. Mas para me ajudar com minha hipótese.

Devia haver especialistas em águas-vivas por aí, pessoas que sabiam sobre padrões de migração, ou picadas, ou outras coisas que eu nem pensaria em considerar por conta própria.

Água-vivologistas, pensei. *Preciso de um água-vivologista*.

Eu encontraria alguns. E um deles me ajudaria a provar o que eu precisava provar: que Franny tinha sido picada por uma água-viva.

Se alguma parte de mim questionou essa missão naquele momento, se alguma parte de mim pensou: *Essa ideia é maluca, está completamente errada,* eu a expulsei de minha mente na mesma hora.

A questão é que temos muito poucas chances de consertar algo, de fazer as coisas ficarem certas. Quando uma dessas oportunidades aparece, não se pode ficar pensando demais. É preciso segurá-la e agarrar-se a ela com toda força, por mais *paf paf* que ela possa parecer.

* * *

Fora do prédio, no estacionamento, papai me deu um abraço.

— Vejo você no sábado — disse. Ele tinha pegado um folheto no consultório, *Crianças e luto: grandes problemas para pequenos corações.* — Mesma hora, mesmo lugar.

Então me beijou no alto da cabeça. Depois entrou em seu carro, mamãe e eu entramos no dela, e fomos todos embora do Edifício-Escola Rua Um.

Só por um tempo.

Palavras bobas

O Ming Palace foi o lugar onde meu não-falar começou. Foi só uns dias depois do começo do sétimo ano, o que foi só uns dias depois do enterro de Franny. Quando cheguei ao restaurante naquela noite, papai estava do lado de fora, equilibrando o celular entre o pescoço e o ombro. "Ãhã", ele disse e levantou um dedo para indicar "Só um minuto".

O trabalho do papai era alguma coisa confusa com computadores e universidades. Suas viagens envolviam algo chamado *verificações de sistemas*, o que parece meio chato para mim.

— Sim, era isso que eu estava dizendo — ele falou ao telefone. — Exato. Parece estar isolado naquele servidor... Sim, a equipe toda está trabalhando nisso.

Ele sorriu para mim e revirou os olhos, como se dissesse: "Ah, esses caras", sobre a pessoa do outro lado da linha.

Sorri de volta e revirei os olhos também, como se dissesse: "É, eu sei do que você está falando".

Eu não tinha a menor ideia de quem estava ao telefone.

Quando ele finalmente desligou, pôs o braço sobre meus ombros e me puxou para um abraço rápido.

— Desculpe por isso, filhota. Crise resolvida por enquanto.

Eu o segui para dentro do restaurante e nós nos sentamos à mesa com os bancos de vinil cor-de-rosa que sempre escolhíamos. A garçonete se aproximou.

— Querem o de sempre? — ela perguntou. Depois de mais de um ano de jantares aos sábados, ela sabe nosso pedido de cor: sopa de wonton (eu), sopa de vinagre e pimenta (papai), frango com mel e arroz (eu), porco mu shu (papai), Shirley Temple (eu), Rolling Rock (papai).

Concordei com a cabeça e papai fez o mesmo. Depois ele se virou para mim.

— Então, o que está achando desses primeiros dias de escola?

Eu estava com doze anos e começando o sétimo ano. Tinha algumas coisas que eu sabia sobre adultos, e esta era uma: adultos são como todo mundo; eles não querem que você diga de fato o que está pensando.

Uma vez, quando meu pai me perguntou o que eu estava pensando, eu contei a ele sobre a Grande Mancha de Lixo do Pacífico, que é como uma sopa de plásticos que se juntam em uma espécie de redemoinho bem no meio do oceano Pacífico. Contei a ele que algumas pessoas acham que a Mancha de Lixo tem o dobro do tamanho do estado do Texas, e que ela é cheia de plásticos que as pessoas jogam no mar, e que o plástico sufoca os corais e é batido pelas ondas, se desfazendo em minúsculos pedacinhos. Então os pássaros adultos confundem esses pedacinhos de plástico com comida e os levam como alimento para seus filhotes, e os bebês morrem de fome, embora seus pais os estejam alimentando como deveriam.

Meu pai suspirou quando eu lhe contei isso. Acho que ele esperava que eu lhe contasse sobre a aula de educação física.

A pergunta dele ficou flutuando no ar. O que eu estava achando de meus primeiros dias de escola?

O que meu pai queria, desconfio, era o que todos parecem querer: falar à toa. Mas eu não entendo esse falar à toa. Nem entendo como as pessoas conseguem preencher tanto espaço com coisas à toa.

Mais que tudo, não entendo por que falar à toa é considerado mais educado que *não-falar*. É como quando as pessoas aplaudem depois de uma apresentação. Você já viu alguém *não* aplaudir depois de uma apresentação? As pessoas aplaudem sempre, tenha sido o espetáculo bom ou ruim. Elas aplaudem até depois que a banda da Eugene Field toca seu concerto anual, e isso é *muito* significativo. Não seria mais fácil e tomaria menos tempo e esforço simplesmente *não aplaudir*? Porque significaria a mesma coisa, ou seja, absolutamente nada.

No fim, *não-falar* significa a mesma coisa, mais ou menos, que falar à toa. Ou seja, nada. Além disso, eu aposto que essa história de falar à toa já acabou com mais amizades do que o silêncio.

Depois de um tempo, meu pai tentou de novo:

— Alguém de quem você gostou de uma maneira especial? Professores? Novos colegas?

Eu pensei nisso. Na maioria, eram os mesmos alunos que eu já conhecia dos anos anteriores: o insuportável Dylan Parker e o bobo--sempre-fazendo-bobagem Justin Maloney. Aquela menina nova, Sarah Johnston, parecia legal, eu acho. E eu tinha certeza de que eu gostava da sra. Turton, a professora de ciências do sétimo ano. Quando entramos pela porta no primeiro dia, a sra. Turton usava uma peruca de Albert Einstein e tentou explicar que o tempo se move em diferentes velocidades, dependendo da velocidade com que você está se deslocando. Eu gostei do jeito que ela fez parecer que o mundo à nossa volta, mesmo as coisas normais do dia a dia, era na verdade surpreendente. Só nesses primeiros dias, ela já havia nos contado que há cem mil quilômetros de vasos sanguíneos em um único corpo humano, o suficiente para circundar a Terra duas vezes e meia. Ela nos disse que formigas dormem só oito minutos por dia, mas que caramujos podem dormir por três anos. Também disse que cada um de nós tem pelo menos vinte bilhões de átomos de William Shakespeare dentro de nosso corpo. *Pelo menos* vinte bilhões, ela enfatizou, e nos mostrou uns cálculos matemáticos complicados para provar isso.

Tentei sentir esses átomos e perceber se havia algo dentro de mim que pudesse me inspirar a explodir com um "Ser ou não ser" ou "Por que és Romeu?", mas não consegui. Então me dei conta de que, se todos tínhamos átomos de Shakespeare dentro de nós, provavelmente também tínhamos átomos de Adolf Hitler, que deve ter sido o pior ser humano que existiu na vida. E eu não queria mesmo pensar nisso.

Eu gostei de saber que escreveríamos relatórios de pesquisa para a aula da sra. Turton e que poderíamos escolher qualquer assunto que quiséssemos, desde que se relacionasse a ciências. Os alunos dos anos anteriores, ela contou, tinham estudado orcas, diabetes, comida de astronautas, a peste negra, velociraptors, furacões solares e bioterrorismo. A ideia, disse ela, era aprender como pesquisar, como descobrir mais sobre qualquer tema que nos interessasse. "Ciência é isso", ela explicou. "É aprender o que os outros descobriram sobre o mundo, e então, quando se dá de cara com uma pergunta que ninguém respondeu antes, descobrir como chegar à resposta de que você precisa."

Então eu poderia ter contado a meu pai sobre essas coisas, mas não contei. Em vez disso, ouvi os sons à minha volta: o ronco do gelo na máquina de bebidas, o tilintar da caixa registradora, o murmúrio de vozes e as ocasionais risadas de mesas próximas. Eu gostava desses sons. Eram melhores do que palavras bobas.

Palavras bobas que não significam nada.

Palavras bobas que ocupam espaço demais.

Palavras bobas que às vezes destroem amizades para sempre.

— O que foi? Não vai falar comigo hoje? — meu pai riu, como se fosse uma piada.

Foi quando pensei: *E se eu resolvesse nunca mais falar à toa?* Parecia uma boa ideia: ou dizer algo importante, ou não dizer nada.

Papai fez uma cara zangada.

— Tudo bem, Suzy — ele disse, parecendo irritado. — Me avise quando estiver com vontade de conversar.

Mas eu já tinha decidido: não ia conversar. Não naquela noite, e talvez nunca mais.

E, nas quatro semanas que haviam se passado desde então, eu não conversei com ninguém.

Especialista nº 1

Na noite em que voltamos para casa depois da consulta com a dra. Pernas, eu comecei minha pesquisa. Encontrei um punhado de especialistas em águas-vivas. Achei um cara em Rhode Island que estuda como as águas-vivas se movem na água. Uma senhora com jeito de vovó que estuda populações de águas-vivas perto de Seattle. Um cara em Washington, DC, que estuda como elas evoluíram. Cliquei em cada um dos pesquisadores, eliminando um após o outro: um porque não fornecia e-mail ou alguma outra informação para contato, outro porque escrevia artigos cheios de palavras que eu não entendia, palavras como *farmacognosia*, *metanólico* e *eosina*. A pesquisadora com jeito de vovó parecia uma versão mais velha da minha mãe, e eu não queria imaginar minha mãe ficando velha.

Então encontrei alguém que talvez pudesse ser interessante.

Peguei meu caderno e comecei a escrever:

POSSÍVEL ESPECIALISTA Nº 1

<u>Dhugal Lindsay, Japão</u>

Óculos e cabelos castanhos. Trabalha em um laboratório em que os cientistas enviam veículos por controle remoto para o fundo do mar. Ele descobriu uma água-viva nunca vista antes, na região mais escura do oceano. Tinha uma parte vermelha dentro do corpo que podia se contrair ou se expandir, como uma lanterna de papel dobrável. Ele deu a ela o nome de água-viva lanterna vermelha. Eu gosto de como isso é literal.

Escreve haicais sobre coisas que vê. Este é um dos poemas:

bolhas de sabão
para o nirvana no oeste
carregando nada

Bom, esse não é nem um pouco literal.

Vantagens
- O rosto parece amigável. Olhos doces. Sem maldade.
- Descobre coisas novas, o que significa que ele sabe que há mais no mundo do que o que já foi descoberto.

Desvantagens
- Muito longe.
- Parece que não escreve sobre irukandjis ou qualquer tipo de veneno.
- Pode me pedir para ler sua poesia.

Conclusão
- Rejeitado por razões relacionadas à poesia.

Grão de poeira

Antes de cada aula de ciências, a sra. Turton sempre passava alguns minutos nos contando algo sobre o mundo que ela achava que poderia ser interessante. Poderia nos dar ideias para nosso relatório de pesquisa, ela dizia.

Ou, ela acrescentava com um sorriso, poderia simplesmente nos dar ideias.

No dia seguinte ao da nossa visita ao aquário, fomos para a sala da sra. Turton e vimos uma frase escrita na lousa: "Um grão de poeira suspenso num raio de sol".

— Sentem-se, sentem-se — disse a sra. Turton, enquanto nos acomodávamos. — Em primeiro lugar, se ainda não tiverem escolhido um tema para seu relatório de ciências, *por favor, por favor*, venham falar comigo depois da aula. Vocês já deveriam estar pesquisando a esta altura.

Apoiou as mãos em uma carteira da primeira fila e disse:

— Vou repetir. — Ela olhou direto para mim, e eu soube então que provavelmente era a única pessoa que faltava na classe para escolher um tema. — Já está na hora de começarem suas pesquisas.

Olhei de volta para ela, sem piscar. Finalmente soube qual seria meu projeto de pesquisa.

— Alguma dúvida? — ela perguntou.

Ninguém levantou a mão.

— Muito bem, então, antes de começarmos, quero usar alguns minutos para fazer uma viagem de volta no tempo — disse ela. — Natal de 1968. A maioria dos pais de vocês ainda nem havia nascido. Não há internet, nem e-mail, nem mensagens de texto, nem videogames ou celulares. Mas há naves espaciais, tão novas que parecem coisas de ficção científica.

Ela fez uma pausa. A classe inteira estava imóvel.

— Alguns dias antes do Natal, a espaçonave *Apollo 8* deixa o planeta. Então, na véspera de Natal, os astronautas enviam *esta* mensagem para a Terra, lá do espaço sideral.

Ela clicou em um botão de seu controle remoto, e uma fotografia apareceu na tela, diante da classe. Eu já tinha visto a foto antes: a Terra elevando-se acima da superfície da lua. O planeta parecia uma gigantesca bola de gude azul rodopiante, metade de uma bola de gude, na verdade, cercada de escuridão.

— Eu sei que vocês cresceram com esta imagem — disse ela. — Mas quero que tentem imaginar como deve ter sido vê-la pela primeira vez. Ser os primeiros humanos vivos, em qualquer tempo, a ver a nossa Terra, ao vivo e em cores, de fora dela.

Olhei com atenção para a imagem na tela. A Terra parecia viva, vibrante. A lua era desolada e cinzenta, em comparação. A sra. Turton acionou o controle remoto outra vez, e a imagem desapareceu. Em seu lugar surgiu outra fotografia do espaço sideral. Essa era quase toda escura, cortada apenas por alguns poucos raios pálidos de luz amarronzada.

— Agora — disse ela —, esta é uma vista diferente.

E apontou para o meio de um desses raios, para um pontinho minúsculo e quase invisível. Vários alunos tiveram de apertar os olhos e inclinar o corpo para a frente para enxergar.

— Isto, bem aqui, somos nós — ela explicou. — Esta é a Terra.

Justin Maloney se inclinou tão para a frente que derrubou seus livros e pastas da carteira. Folhas pautadas de caderno se espalharam pelo chão.

— Esta foto — a sra. Turton continuou — foi tirada mais recentemente, de quase seis bilhões de quilômetros de distância.

Com o dedo ainda no pontinho, ela disse:

— Esta, meus amigos, é a casa de vocês. É onde vocês vivem, seu lugar neste sistema solar. Toda a sua vida, a vida de todas as pessoas que vocês vão cruzar nesta existência, provavelmente acontecerá nesta única partícula, que um famoso cosmólogo chamado Carl Sagan certa vez chamou de "um grão de poeira suspenso num raio de sol".

Eu pensei no que a sra. Turton dizia. Ali estava eu, apenas uma em sete bilhões de pessoas, e as pessoas eram apenas uma espécie entre dez milhões, e esses dez milhões eram apenas uma minúscula fração de todas as espécies que já existiram, e, de alguma forma, todos nós cabemos naquela partícula de pó marrom na tela. E estamos cercados de nada. Apenas um monte de nada, solitário e sem vida, em todas as direções.

Foi quando fiquei um pouco em pânico, sentindo um frio na barriga.

Eu gostava muito mais da imagem de 1968. Na imagem de 1968, nós importávamos. Eu gostaria que não tivéssemos ido mais longe que aquilo, que não tivéssemos tentado nos ver do limite extremo do sistema solar. Gostaria que não tivéssemos visto a nós mesmos como uma partícula de pó, cercada por tanto nada que mal éramos visíveis.

— Material para reflexão — a sra. Turton disse e apagou a tela. — E, agora, vamos à nossa aula. Hoje, meus queridos alunos do sétimo ano, será o primeiro dia de trabalho de vocês no laboratório. O laboratório é um pouco como o espaço, em certo sentido. É onde os seres humanos se tornam exploradores. É onde os cientistas expandem as fronteiras do conhecimento. E, para dar início à jornada de vocês, vamos estudar a água do lago do nosso próprio vale.

Eu sabia sobre laboratórios, sabia que estudaríamos as células e os ecossistemas, e que, mais ou menos no meio do ano, dissecaríamos uma minhoca.

— A primeira tarefa de vocês — continuou a sra. Turton — é escolher um parceiro de laboratório. Escolham bem, porque vocês vão ficar juntos o ano inteiro. Em duplas, por favor.

Dylan pegou um menino chamado Kevin O'Connor, que tem a reputação de ser bonito, mas não muito legal. Por um momento, pareceu que a menina nova, Sarah Johnston, estava vindo na minha direção. Ela olhou direto para mim e posso até jurar que talvez ela tenha sorrido, então fiquei um pouco esperançosa. Mas aí Aubrey a segurou e enganchou o braço no de Sarah. Fiquei ali me sentindo uma idiota enquanto meus colegas de classe formavam duplas, até que restou uma única pessoa sozinha.

Justin Maloney.

Suspirei. Se Justin era bom em alguma coisa, era em fazer besteiras. Uma vez ele pegou um punhado de quadradinhos de manteiga, levantou a camiseta e esfregou a manteiga na barriga. Depois correu pelo corredor, deu um pulo para a frente e aterrissou de bruços no chão. Ele imaginou que deslizaria, mas, em vez disso, ralou toda a pele da barriga e passou o resto do dia segurando a camiseta levantada para não roçar nos machucados.

Enquanto a sra. Turton explicava o que deveríamos fazer no laboratório — observar a água do lago e a da torneira, depois medir o pH de cada uma delas —, Justin e eu nos entreolhamos. Ele usava um cronômetro pendurado no pescoço e seu cabelo era raspado até quase o couro cabeludo.

— Ei, Suzy — ele disse —, somos parceiros, certo?

Quando eu não respondi, ele baixou os olhos.

— Bom, acho que vou pegar a água do lago. Se estiver tudo bem para você.

Dei de ombros.

Quando Justin mergulhou o frasco para pegar a água, espirraram gotas para todo lado. Eu enchi outro frasco com água de torneira; então, juntos, voltamos para o canto no fundo da sala.

Nós nos sentamos e o cronômetro no pescoço de Justin começou a apitar. Ele desligou o alarme, enfiou a mão no bolso do jeans e tirou um comprimido laranja-claro. Soprou uns fiapos de tecido que estavam grudados, colocou o comprimido na língua e engoliu sem água nem nada.

Em seguida olhou para mim e encolheu os ombros.

— Café da manhã dos campeões. Ou almoço dos campeões. Tanto faz.

Como eu não disse nada, ele explicou:

— Déficit de atenção. Se eu não tomar o remédio, meu cérebro fica doido.

Eu não sabia se ele podia tomar remédio na classe, mas Justin nunca foi exatamente um seguidor de regras mesmo.

Dei de ombros e voltei ao trabalho. Depois de alguns minutos mergulhando tiras de pH na água e anotando as observações no papel, Justin me olhou.

— Suzy — disse ele —, eu sei que provavelmente não sou sua primeira escolha para uma dupla de laboratório.

Provavelmente?

— Mas eu não vou prejudicar você, tá bom?

Observei o rosto dele para identificar alguma ironia, mas ele parecia sincero.

— Com esse novo remédio que estou tomando, tenho ficado bem melhor. Vou trabalhar direito, prometo.

Eu não respondi, então ele voltou às anotações, balbuciando as palavras enquanto escrevia.

* * *

Quando eu estava saindo da classe naquele dia, a sra. Turton me chamou.

— Suzanne?

Parei.

— Você já tem um tema para o relatório?

Fiz que sim com a cabeça.

— Você tem? — Ela parecia surpresa.

Fiz que sim outra vez, agora olhando diretamente para ela.

— Isso é ótimo, Suzanne. Qual é?

Mesmo quando se é uma não-falante, há momentos na vida em que é preciso dizer alguma coisa em voz alta. Esse era um deles. Em casos assim, é melhor dizer o mínimo possível, até mesmo uma palavra só, se der para se virar com isso.

— Águas-vivas — murmurei.

Ela se inclinou para a frente, como se não tivesse conseguido me ouvir.

— O quê?

Franzi a testa e falei mais alto:

— Águas-vivas. — Percebi que minha voz soou irritada e me senti mal com isso. Mas, depois que a gente se decide pelo não-falar, fica difícil dizer qualquer coisa em voz alta, quanto mais repetir.

Acho que meu tom de voz não a incomodou, porque ela sorriu.

— Esse é um tema excelente. Há muitas coisas para aprender sobre qualquer espécie. O habitat e a distribuição dos animais, como caçam e se alimentam, a relação deles com os humanos... Avise se precisar de ajuda para encontrar informações.

Concordei com a cabeça e comecei a caminhar em direção à porta.

— Suzanne? — Ela me parou outra vez.

Olhei para ela.

— Você sabe que esse é um relatório oral, não sabe?

Esperei.

— O que quero dizer é que você vai ter que apresentar seu relatório na frente da classe. Você pode *ler*, se quiser. Não precisa ser de cabeça. E eu a ajudarei a treinar, se sentir necessidade. Mas falar em público é uma parte importante da nota. — Ela me olhou intensamente. — Entendeu?

Assenti. Se eu quisesse passar em ciências no sétimo ano, teria que falar em voz alta.

Como fazer uma promessa

Nós deveríamos estar estudando sobre exploradores. Em vez disso, estamos segurando escovas de cabelo e dançando pelo seu quarto.
 Agora que estamos no quarto ano, temos provas e, para nossa próxima prova, precisamos memorizar quinze pessoas diferentes que ajudaram a mapear o mundo. Você estava com dificuldade para lembrar os nomes, então eu comecei a pensar em truques que pudessem ajudar.
 Lembramos que Magalhães percorreu o mundo pensando nele como Mago-alhães, porque, naquele tempo, dar a volta ao mundo de navio era quase mágica. Lembramos Hernando de Soto, que foi o primeiro europeu a explorar o que é hoje o sul dos Estados Unidos, como Hernando de Soda: era tão quente no sul que ele precisou de uma soda limonada. Lembramos Erik, o Vermelho, o viking que fundou o primeiro assentamento europeu na Groenlândia, como um Papai Noel: vermelho na neve. Para lembrar o capitão James Cook, que navegou até a Austrália, só precisamos pensar nele como um doceiro que fazia cookies exclusivamente para coalas e cangurus.
 Decidimos fazer uma pausa depois dessa. Agora estamos pulando e cantando como estrelas de rock em um palco. Nós nos revezamos para dançar em cima da cama e sair com um pulo.
 Eu aceno como uma princesa, com o nariz levantado.
 — Você está parecendo a Aubrey — você me diz, e eu faço uma careta.

Ontem, no parquinho, Aubrey anunciou que era a menina mais popular do quarto ano, o que talvez fosse verdade, mas não deveria ser. É verdade só porque, quando se trata de popularidade, ser bonita é mais importante do que alguém realmente gostar de você.

Continuo a acenar, imitando Aubrey de propósito agora.

— Eu sou a menina mais popular do mundo — digo.

— Argh — você resmunga. — Me mate se um dia eu ficar desse jeito.

Paro de acenar e olho para você.

— Eu nunca te mataria.

— Tá, mas então faça alguma coisa, está bem?

— Você nunca seria como a Aubrey — argumento.

— É, mas só por garantia. Me dê um sinal. Mande uma mensagem secreta.

— Que tipo de mensagem? — Eu me imagino segurando um cartaz gigante com as palavras "NÃO SEJA ASSIM".

— Sei lá. Qualquer coisa. Mas faça algo bem grande. Para realmente chamar minha atenção.

Dou de ombros.

— Tudo bem.

— De um jeito grande mesmo. De um jeito sério.

Fico pensando um pouco nisso. Não sei exatamente o que você quer dizer, mas gosto da ideia de uma mensagem secreta, um tipo de código entendido só por nós duas.

— Certo, combinado — digo apenas.

Quando a música termina, você fala em seu microfone de escova de cabelo:

— Com vocês... a grande... Miss Frizz!!!

Torço o nariz.

— Miss Frizz?

— É — você responde. — Por causa do seu cabelão. — Você pressiona play e começa uma música que eu simplesmente adoro e que minha mãe costumava pôr para eu ouvir. É sobre acordar cercada por dez milhões de vaga-lumes, o que é algo que gosto de imaginar. Dez milhões de vaga-lumes piscando em volta da minha cabeça, como se todas as estrelas distantes tivessem descido à Terra só para dizer oi.

— Eu adoro essa música! — exclamo.

— Eu sei, sua boba — você responde.

Pulo na cama e canto a letra gritando, com a cabeça levantada para o teto:

— "I'd like to make myself belieeeeeve that planet Earth turns slowly..."*

Aí você pula para a cama ao meu lado, e eu digo:

— Senhoras e senhores, palmas para a Menina Morango!

— Menina Morango?!

— Por causa do seu cabelo loiro, meio vermelho.

— Ahhh, amei!

Então você canta na escova de cabelo:

— "'Cause everything is never as it seems..."**

Um de seus braços está estendido para o lado e você levanta o queixo. Seus olhos estão quase inteiramente fechados, e os lábios, curvados em um sorriso.

Você parece tão feliz.

Então eu digo:

— Minha mãe falou que, quando vender aquela casa grande na Laura Lane, vai nos levar ao House of Gasho. — House of Gasho é um restaurante em que os chefs preparam a comida na mesa, na frente dos clientes.

— Legal — você responde, ainda balançando ao ritmo da música.

Ouvimos uma batida na porta, e, antes de termos tempo de descer da cama, sua mãe surge no quarto.

— Meninas — ela diz. A voz dela é séria, mas parece que ela tenta disfarçar um sorriso. — Vocês não deviam estar estudando?

— Nós fizemos um intervalo — você responde. Você está de pé, imobilizada em uma espécie de pose de estrela de rock, inclinada em direção à escova de cabelo.

---

* "Eu gostaria de me fazer acreditar que o planeta Terra gira devagar..."
** "Pois nada é o que parece ser..."

— Certo — sua mãe diz, sorrindo de verdade, agora. — Então acho que está na hora de fazer um intervalo do intervalo.
— Tudo bem — você fala.
— Tudo bem — eu falo.
Ela pisca para nós e fecha a porta.

Nós desligamos a música e, de repente, somos de novo Franny e Suzy, meninas comuns, e não estrelas do rock. Pegamos nossos livros outra vez e voltamos para Mago-alhães, de Soda, capitão James Cook e seus doces para cangurus.

Especialistas nº 2 e nº 3

Eu nunca tinha imaginado quantas pessoas passam a vida pensando em águas-vivas. E não só biólogos. Havia engenheiros da NASA que estudavam o mecanismo de propulsão das águas-vivas. Artistas que levavam enormes bonecos de águas-vivas para concertos e outros eventos, fazendo o céu noturno parecer exatamente o mar. Havia pesquisadores que estudavam a anatomia das águas-vivas. Ecologia. Evolução. Selecionei alguns deles, anotando os fatos mais importantes, depois dobrei as páginas com as anotações e guardei na parte de trás do meu caderno de ciências.

Antes de uma das aulas de laboratório, dei uma espiada nelas. Justin olhou sobre meu ombro.

— O que é isso?

Eu as enfiei depressa dentro do caderno e o fechei.

— Ah — ele disse, parecendo surpreso. — Desculpe, eu não tive a intenção de ser intrometido. Eu só...

Então ele começou a rir.

— Sei lá, pareciam anotações do FBI. Você é uma agente disfarçada ou coisa parecida?

Eu o encarei, sem entender.

— Agente Swanson — ele falou, saudando. — Apresentando-se ao serviço...

Como eu poderia responder àquilo?

Mesmo que quisesse contar alguma coisa a ele, eu ainda não havia encontrado o pesquisador perfeito.

O que eu queria era alguém que tivesse conhecimento sobre picadas.

POSSÍVEL ESPECIALISTA Nº 2

Diana Nyad, nadadora de longa distância

Sessenta e quatro anos, mas nem de longe do tipo vovó. Na verdade, ela parece capaz de acertar um golpe na cara de um campeão de boxe e ir embora como se nada tivesse acontecido.

Cabelo curto. Muito, muito musculosa.

Tentou quatro vezes nadar de Cuba até a Flórida, mas em todas elas teve que parar por ter sofrido picadas graves de águas-vivas. Há fotografias dela na internet, com o rosto inchado e cheio de bolhas, irreconhecível.

Está treinando para uma quinta tentativa agora. Seus treinos envolvem nadar no Caribe até vinte horas por dia.

Vantagens

- Experiência pessoal com picadas.
- Parece durona.
- Tipo, muito durona.
- Pode ser bom ter uma pessoa tão durona para me ajudar.

Desvantagens

- Vinte horas por dia? Isso vai dificultar as conversas.
- Isso significa que, depois de nadar, ela tem apenas quatro horas sobrando para todo o resto. Não sei se isso seria tempo suficiente para me ajudar.
- Eu quero mesmo saber como é a sensação de ser picada por uma água-viva?
- Ela parece tão durona que nem sei se é gentil.

<u>Conclusão</u>

- Temporariamente rejeitada, porque, sinceramente, estou com um pouco de medo dessa mulher. Mas é bom ficar de olho nela. Ela é interessante.

POSSÍVEL ESPECIALISTA Nº 3

<u>Angel Yanagihara, bioquímica no Havaí</u>

Quando ela era mais nova, foi picada por uma água-viva-caixa, que está relacionada à irukandji. Chegou à praia com dificuldade antes de desmaiar. Sinceramente, ela tem sorte de estar viva. Tempos depois, desenvolveu o primeiro de todos os tratamentos para picadas de água-viva. No momento, está ajudando aquela nadadora de sessenta e quatro anos, Diana Nyad, a planejar uma maneira de nadar de Cuba até a Flórida sem ser impedida pelas águas-vivas outra vez.

Cabelos longos, lisos e loiros. Quase avermelhados, na verdade.

<u>Vantagens</u>

- Águas-vivas-caixa são muito semelhantes às irukandjis.
- Sabe tudo sobre picadas.
- Criou seu próprio tratamento para picadas de águas-vivas.
- Entende de consertar coisas. De fazer as coisas ficarem certas.
- É bonita. Cabelos loiros, longos e lisos e olhos brilhantes.
- Talvez até lembre um pouco a Franny?
- Isso pode ser um sinal.

<u>Desvantagens</u>

- ??

<u>Conclusão</u>

- Talvez seja ela? Pesquisar mais.

Eu não conseguia parar de olhar para a fotografia de Angel. Seus cabelos eram loiros, longos e lisos, quase como os da Franny. Ela sabia tudo que uma pessoa precisaria saber para realmente me ajudar. Era praticamente perfeita. E eu quase a escolhi. Juro que sim.

Mas então encontrei um vídeo dela na internet, um quadro de um programa de notícias sobre seu trabalho. O vídeo a mostrava injetando em um camundongo o veneno de uma água-viva-caixa, a mesma espécie que a havia picado. Ela prendeu o camundongo com a barriga para cima em uma mesa em seu laboratório, raspou o pelo, depois ficou observando por um monitor enquanto o camundongo se aproximava cada vez mais da morte. E nem piscou.

Eu sabia como era a sensação de infligir dor e depois ficar parada, olhando. Eu já tinha feito isso antes.

Não importava para mim que Angel Yanagihara estivesse fazendo aquilo por uma boa causa, ou que tivesse administrado no último minuto seu tratamento. Eu queria ficar o mais longe possível daquela mulher.

A verdade é que ela não lembrava a Franny, afinal. Era a *mim* que ela lembrava.

Então eu vi Jamie e, nesse instante, eu soube. Jamie era a pessoa certa.

Como não dizer algo importante

*E*stou sentada no ônibus escolar de manhã. Estava pensando em um livro que estamos lendo no quinto ano, sobre um cachorro com nome de supermercado e uma menina que faz amizade com uma velha senhora que já ingeriu muito álcool na vida. No livro, a senhora pendura garrafas vazias em uma árvore para lembrá-la de todos os seus erros. Quando as garrafas batem umas nas outras com a brisa, soam como carrilhões, e esta é a minha parte favorita nesse livro: a imagem daquelas garrafas penduradas, todas aquelas lembranças terríveis que, de alguma maneira, fazem música quando batem juntas.

Porque eu tenho minha própria lembrança terrível agora, sobre a qual ainda não contei para você. A lembrança terrível é esta: minha mãe e meu pai me disseram que vão se separar.

Eles me contaram durante o jantar no Elmer Suds Pub, onde tem batatas fritas enroladinhas e mesas tão altas que a gente precisa sentar em banquetas de bar. Minha mãe disse que ajudou meu pai a encontrar um novo apartamento, "acho que é uma vantagem de estar no ramo imobiliário", e os dois riram, o que, sinceramente, eu achei muito estranho.

Vou ser uma daquelas crianças com pais separados.

Já é ruim o suficiente que Aaron teve que sair de casa, que ele está na faculdade tendo todo tipo de aventuras sem nós. É como se toda a solidão que ele deixou para trás na casa tivesse partido o restante da nossa família ao meio.

Eu quero muito contar para você. É a notícia mais importante que eu já tive.

Mas, todas as vezes que eu tentei lhe contar, não consegui fazer as palavras aparecerem.

Você entra no ônibus e vem em minha direção, em direção ao banco onde sempre nos sentamos. E penso: Quem sabe agora. Quem sabe o momento é este.

Mas, quando você se senta, seus olhos estão dançando, e você está com cara de que tem alguma coisa que quer me falar. Você nem me diz "oi". Em vez disso, cochicha para mim:

— De quem você gosta?

Eu não sei o que dizer. Mesmo que eu estivesse com vontade de falar sobre isso, há muitas respostas possíveis. Eu gosto da Marshmallow. Eu gosto de você. Gosto do Aaron. Gosto da minha mãe e do meu pai, mesmo estando muito brava porque eles vão se separar. Gosto do pica-pau que martela a árvore do lado de fora da minha janela. Gosto da lua quando ela é uma crescente fininha e parece um olho fechado de desenho animado, como se o céu estivesse piscando.

— O quê?

— Estou falando de meninos. De quem você gosta?

Torço o nariz.

— De ninguém — respondo, que sei que é o que as meninas dizem quando não querem contar de quem elas gostam, mas, neste caso, é verdade. Eu não gosto de ninguém. Não nesse sentido.

Você franze a testa para mim, e sinto que a oportunidade de lhe contar sobre meus pais está indo embora.

— Mas você tem que gostar de alguém — você diz. — Estamos quase no sexto ano.

Viro essas palavras de um lado para o outro na minha cabeça. Eu tenho?

Há algumas coisas que tenho que fazer; eu sei disso. Tenho que comer. Tenho que beber água. Tenho que respirar. Mas, além dessas coisas, não parece que exista mais nada na face da Terra que eu realmente tenha que fazer, até mesmo as coisas que minha mãe diz que eu tenho, como tirar a mesa, ou me lavar melhor, agora que estou ficando mais velha.

Mas eu não digo essas palavras em voz alta. Sei que, se eu as disser, você vai revirar os olhos, com ar impaciente. Você começou a fazer isso nos últimos tempos e, sinceramente, eu não gosto nem um pouco.

Do fundo do ônibus, ouço um grupo de meninos rindo, do jeito que eles riem quando estão em um grupo grande.

Então eu pergunto:

— E de quem você gosta? — A pergunta soa um pouco como uma acusação.

— Eu gosto do Dylan — você diz e fica vermelha.

Aquilo meio que me derruba.

— Do Dylan?! — sussurro. — Do Dylan Parker?!

Você fica mais vermelha ainda.

— É. Do Dylan Parker.

— Diga que você está brincando. — Sei que meu tom de voz não é muito gentil quando falo isso, mas esse não é exatamente o tipo de coisa com a qual eu deveria ser gentil. Ninguém deveria ser gentil em relação a Dylan Parker, porque ele próprio não é gentil.

Você encolhe os ombros, quase pedindo desculpas.

— Eu só acho que ele é fofo.

E é quando me dou conta: tudo está prestes a mudar. Tudo está prestes a ficar enrolado, da pior maneira possível.

Penso em meu cabelo, nos cachos com os quais eu luto todas as manhãs. Já passei muitas horas da minha vida tentando pentear cachos embaraçados. Mas, por mais cuidado que eu tenha em separá-los, eles ficam cada vez mais entrelaçados. Eles se prendem uns aos outros da pior maneira, até ficar impossível consertá-los. Às vezes não há nada a fazer, além de pegar uma tesoura e cortar o nó.

Mas como se corta um nó formado por pessoas?

Eu não gosto nem um pouco do rumo que isso está tomando.

Coragem de doido

Jamie não é exatamente como você talvez imaginou. Não é como você imaginaria o herói de uma história.

Para começar, ele é velho. Não tão velho quanto Diana Nyad, talvez. Mas pelo menos tão velho quanto meu pai, e olha que meu pai vai fazer cinquenta, ano que vem.

Ele também parece um pai. Tem linhas de expressão em volta dos olhos e na testa, e o queixo é enfiado para dentro, como uma gaveta que foi empurrada um pouco demais. Tem muitos cabelos grisalhos e, quando usa o que chama de traje antipicadas — uma roupa de mergulho de náilon que o protege de picadas de água-viva —, fica quase parecendo uma criança de pijama.

Jamie — dr. Jamie Seymour, professor de biologia — trabalha em um laboratório na Universidade James Cook, em Cairns, uma cidade em Queensland, um estado na Austrália, que é, ao mesmo tempo, a maior ilha do mundo e o menor continente do mundo.

Na Austrália, pessoas já viram aranhas comerem passarinhos, centopeias comerem cobras, cobras comerem crocodilos, crocodilos comerem crianças. Há formigas assassinas que atacam humanos. Um polvo que contém veneno suficiente para matar 26 pessoas. Aves com garras tão terríveis que às vezes arrancam os órgãos internos de adultos.

É preciso ter uma coragem de doido para morar na Austrália.

* * *

Eu assisti a um monte de vídeos de Jamie. No primeiro, ele pulou em uma água lotada de águas-vivas mortais — e estou falando de águas-vivas que poderiam matá-lo em três minutos contados — como se não fosse nada de mais.

Jamie pegou uma delas com as mãos descobertas. Três metros de tentáculos serpenteavam ao redor. Muito à vontade, ele contou a um repórter de TV que a água-viva que estava segurando continha veneno suficiente para matar quinze pessoas.

Dava para ver como o repórter estava nervoso. Ele tentou sorrir com naturalidade e fez uma piadinha, como se dissesse: "Ha-ha, é, faz parte do trabalho". Mas eu vi o jeito como ele se inclinava para trás, afastando-se do animal, sem conseguir pensar direito no que falar.

Eu vi o medo nos olhos dele.

Em outro vídeo, Jamie entrou na água e, mesmo coberto da cabeça aos pés com um traje antipicadas, havia uma pequeníssima parte de seu rosto exposta. Foi o que bastou. Ele foi roçado no lábio inferior, muito suavemente, como um beijo de um tentáculo que ele nem viu.

Ele foi roçado no lábio por uma irukandji.

Uma irukandji de verdade.

Jamie estava filmando para um programa de televisão quando isso aconteceu, e eles registraram tudo com a câmera. Eu assisti à reportagem deles sobre o acidente.

Depois que Jamie foi picado, ele se contorceu de dor por dois dias inteiros, o que é quase três mil minutos. Quando eu calculei isso, tentei me beliscar o mais forte que pude por exatamente sessenta segundos.

Experimente isso, depois multiplique, se puder, por três mil, e ainda não terá a mais leve noção do que Jamie enfrentou. Durante todo o tempo, ele ficou deitado em uma cama de hospital, usando apenas um calção de banho vermelho. Ele gritou, enrolou-se como uma bola, vomitou. Ele sabia que as câmeras estavam em volta e deixou que filmassem tudo.

Mais tarde Jamie disse que, enquanto estava ali, deitado naquele hospital, estava convencido de que morreria.

Ele não foi como Angel Yanagihara, que picou um camundongo, depois ficou observando enquanto ele chegava cada vez mais perto da morte.

Ele *foi* o camundongo.

Mas a parte mais estranha de todo o vídeo veio depois que ele saiu do hospital. Porque, assim que se sentiu melhor — praticamente no mesmo instante —, ele voltou direto para a água. Assim, de cara, Jamie voltou direto para aquelas águas-vivas. Ele ria e fazia piadas, como se aqueles dois dias nem tivessem acontecido. Ele nem parecia bravo.

E essa foi uma das razões por que gostei dele. Gostei dele porque ele tinha sido picado e isso não o tinha mudado.

Ele tinha senso de humor. Ele não tinha medo. Ele sabia perdoar.

Melhor de tudo, parecia que Jamie era a única pessoa suficientemente doida para não achar que *eu* fosse doida.

Tive certeza de que ele poderia me ajudar a provar que *às vezes as coisas simplesmente acontecem* não é de fato uma razão para nada.

E, se ele pudesse me ajudar com isso, estaria ajudando com outra coisa também. Ele estaria me ajudando a escrever um novo fim, um fim melhor, para a história de minha amizade com Franny.

Um fim no qual eu sou uma pessoa do bem. Não a vilã.

PARTE QUATRO

Variáveis

Em última análise, os cientistas exploram causa e efeito: como mudanças em uma parte do mundo podem causar mudanças em outras coisas. Mas causa e efeito nem sempre são fáceis de medir. Por isso, estudos de pesquisa bem projetados devem ter variáveis — independentes, dependentes e controladas — claramente definidas, que ajudem os cientistas a identificar o que está mudando e o que está causando a mudança.

— Sra. Turton

Bloom

A próxima coisa que quero lhe dizer sobre águas-vivas é esta: elas estão assumindo o controle.

Você sabia disso? Nem muita gente sabe. A culpa é nossa, mas ninguém nem está prestando atenção. As pessoas prestam atenção em outras coisas. Elas prestam atenção em vídeos de gatos tocando piano, ou em qual astro do cinema está em uma clínica de reabilitação por causa de drogas, ou quem roubou o namorado de quem. Elas prestam atenção em tons de sombra para os olhos, jogos online e que ângulo lhes favorece mais nas fotos.

Mas, enquanto isso... na vastidão do mar... a explosão das águas-vivas está a pleno vapor.

Essa proliferação de águas-vivas é chamada de *bloom*. Não é uma palavra bonita? Poderíamos traduzir como *floração das águas-vivas*, como se fossem flores de jardim se abrindo ao sol.

Há mais águas-vivas do que nunca. Pelo menos, isso é o que alguns cientistas dizem.

As pessoas são o problema. Nós tiramos peixes do oceano — uma quantidade enorme de peixes. Nós os mandamos para fábricas e os transformamos em palitos empanados e patês. Nós os transportamos para restaurantes. Enchemos balcões de supermercados com sua carne, toda lisa e reluzente, em montes de gelo.

Quando fazemos essas coisas, as explosões de águas-vivas ficam ainda maiores. As águas-vivas têm menos competição por alimento agora. Elas crescem em número, movem-se em grupos enormes, devorando tudo.

Os mares estão se aquecendo, o que é terrível para quase todo mundo. Também estão ficando cheios de produtos químicos. Enormes áreas dos oceanos hoje não têm oxigênio suficiente. Mas as águas-vivas adoram um oceano quente, os produtos químicos não as prejudicam nem um pouco, e elas carregam todo o oxigênio de que precisam dentro de seu próprio corpo aquoso.

Há hoje tantas águas-vivas que usinas hidrelétricas já tiveram que ser fechadas em várias partes do mundo quando centenas de milhares dessas criaturas entupiram seus sistemas de refrigeração por água marinha. As populações de águas-vivas estão ficando tão grandes que estão roubando o suprimento de comida de animais que nunca nem se imaginaria — até de pinguins na Antártida. Um cientista acredita que elas podem um dia levar as baleias à extinção, por inanição.

Ninguém sabe disso. Ninguém pensa nisso ou fala disso. Essa notícia é reveladora, e, mesmo assim, quando foi a última vez que você *viu* uma água-viva na televisão?

Mas elas estão por aí, estou lhe dizendo.

Elas estão por aí neste exato segundo. Estão se movendo silenciosamente, interminavelmente, todas elas, pela escuridão do mar.

Como se afastar

Tudo muda. Começa a mudar quase instantaneamente depois que você me conta que gosta de Dylan Parker, e, no verão que antecede o sexto ano, está tudo diferente.

A primeira coisa que noto é o modo como você puxa sua roupa. Você talvez tenha posto um vestido um pouco curto demais, o que não é grande coisa em si. Só que você parece passar o resto do dia pensando nisso. E eu sei que você está pensando nisso porque fica o tempo todo mexendo na bainha. Você a ajeita, puxa para baixo, como se tivesse decidido que talvez preferisse cobrir os joelhos, afinal. Ou fica alisando o vestido sem parar, embora ele pareça exatamente igual antes e depois de ser alisado.

E todo esse puxar e todo esse alisar me fazem pensar em seu vestido também, e me perguntar se ele está curto demais ou se está bom assim.

Isso é o que mais me incomoda. Porque eu não quero pensar no seu vestido. Há muitas outras coisas para pensar. Coisas importantes.

Meses se passaram agora, e eu ainda não contei a você. Ainda não lhe contei sobre meus pais.

Eu quero contar. Quero convidar você para ir ao novo apartamento de meu pai, mostrar a você a televisão grande que ele acabou de comprar, exatamente o tipo de coisa que minha mãe teria chamado de "desperdício de um bom dinheiro". Quero que você veja o jeito como minha mãe espalhou as coisas dela no lado dele do armário, como parece que os ternos dele nunca nem estiveram pendurados ali.

Mas, toda vez que eu começo a dizer alguma coisa, você está ocupada alisando seu vestido ou se olhando no espelho. Você se olha em todos os espelhos, em qualquer espelho, onde quer que estejamos. Eu nem percebo que há um espelho ali, até ver você se admirando, de diferentes posições.

Basta você se ver em um espelho, e qualquer conversa que estamos tendo acaba.

— Odeio meu cabelo — você diz, alisando uma parte da franja. Não entendo o que há para odiar em seu cabelo. Sou eu que tenho um cabelo cacheado que não assenta e, se eu não me importo com o meu, não há absolutamente nenhuma razão para você se importar com o seu.

Mas aí você começa a se preocupar com o meu cabelo também.

— Sabe — você diz, e acho que está tentando ser prestativa —, aposto que, com o produto certo, você poderia fazer seu cabelo ficar quase fofo.

Fofo. Você usa essa palavra o tempo todo agora.

— Preciso te contar! — você fala. — Eu vi o par de Chuck Taylors mais fofo do mundo no shopping.

— Quem é Chuck Taylor? — pergunto. Imagino dois bebês muito parecidos, vestidos com calças largas: Pequeno Chuck 1 e Pequeno Chuck 2.

— Não, bobinha — você diz, revirando os olhos. — Chuck Taylors são tênis superfofos. Você não conhece nada?

Eu conheço coisas. Conheço montes de coisas. Só que, por acaso, não sei muito sobre tipos de tênis, só isso.

Sei, por exemplo, que tempo e espaço são a mesma coisa, e que é possível que todos os momentos no tempo existam simultaneamente, o que significa que acabei de nascer, e sou uma criança, e uma velha, e estou morta e enterrada, e nunca sequer existi, tudo no mesmo momento, bem agora.

Eu sei que tudo existe porque minúsculas partículas, pequenas demais para enxergar, se movem por um campo invisível, do jeito que um par de botas se move pela lama, ficando mais pesadas à medida que avançam.

E, desde que meus pais se separaram, comecei a me perguntar se isso está acontecendo comigo também: se estou ficando mais pesada, mais difícil de levantar, conforme me movo por este mundo.

Seja como for, você não parece se importar com as coisas que eu sei. Não mais. Você antes queria que eu contasse tudo, e agora só se importa com Chuck Taylors, com a bainha de seu vestido e com o que quer que esteja vendo quando se olha no espelho.

O que me faz pensar o seguinte: se você se importa com coisas que eu não entendo e não se importa com as coisas que eu entendo, o que vamos ter para conversar?

Eu não compro nenhum "produto" para o meu cabelo.

Depois de um tempo, você compra um para mim, um gel transparente e pegajoso, que tem cheiro de perfume ruim. Você o esfrega com os dedos em meus fios, depois seca com o secador. Mas isso só deixa meu cabelo mais arrepiado ainda, como se eu tivesse enfiado o dedo na tomada.

— Humm... — Você franze a testa. — Você tem mesmo um cabelo impossível.

E é quando eu tenho vontade de dizer o seguinte: "Talvez. Talvez eu tenha mesmo um cabelo impossível e talvez isso seja ruim, mas eu nunca tinha pensado nisso até este exato momento".

E é quando eu me lembro do que você me disse uma vez.

Você disse: "Me mate se um dia eu ficar desse jeito".

Você disse: "Me mande um sinal... uma mensagem secreta".

Você disse: "Faça algo bem grande".

Mas eu não sei qual é o sinal certo, qual é a mensagem que diria: "Eu quero que você se importe de novo com as coisas com que eu me importo".

Eu não sei como dizer: "Eu gostava de mim quando estava perto de você, mas agora já não tenho muita certeza".

Eu não sei como dizer: "Por favor, por favor, não seja mais uma coisa que muda em minha vida".

Então eu não digo nada. Só deixo você colocar um produto diferente no meu cabelo crespo e elétrico, até parecer que eu esfreguei a cabeça em um tubo de vaselina. E, depois que você vai embora para casa, eu lavo tudo.

* * *

Mais ou menos na mesma hora, Aaron chega em casa para jantar. Ele traz seu novo amigo, Rocco, e mamãe faz batatas assadas para todos e sorri mais que o normal. Por alguma razão, ela está agindo como se Aaron tivesse trazido para casa, sei lá, o Elvis Presley. Como se houvesse algo que torne esse amigo muito diferente de qualquer outro amigo de Aaron que já tenha vindo jantar.

Enquanto comemos, eu conto a eles sobre você, sobre o jeito como você não para de se olhar no espelho, e sobre como eu não sei mais o que conversar com você.

— Ah, isso é só uma fase na vida das meninas — mamãe diz, fazendo um gesto com a mão. Ela ri um pouco alto demais, depois se levanta para recolher os pratos.

Mas Aaron me observa com atenção.

— Pode ser — ele diz. — Pelo menos espero que seja. Mas, garota, tenho que te avisar: você está entrando em uns anos bem difíceis.

Ele dá uma olhada para Rocco, que sacode a cabeça.

— Fundamental II — Rocco diz em resposta. — Eu não voltaria ao fundamental II por nenhum dinheiro do mundo.

Um clique, depois silêncio

Eu planejei entrar em contato com Jamie por e-mail. Mas, na primeira vez que tentei, só fiquei ali sentada, olhando para o cursor piscante, até meu traseiro doer.

Seria melhor, pensei, anotar minhas ideias primeiro em um papel. Mas, mesmo assim, não consegui encontrar as palavras, e toda hora riscava o que já tinha escrito.

Tentei ser formal:

Caro sr. Seymour,
Caro dr. Seymour,

Mas não parecia o jeito certo. Então tentei a abordagem contrária:

Oi, Jamie.
Bom dia! Você não me conhece, mas...

Tentei fazer uma introdução educada:

Estou escrevendo sobre um assunto ~~em que gostaria que me ajudasse~~ que requer ~~seu conhecimento~~ sua experiência.

Tentei ser direta:

Jamie, preciso da sua ajuda.

Tentei um punhado de maneiras diferentes, mas não consegui fazer as palavras virem. Não do jeito que eu queria. Baixei a caneta e cliquei, outra vez, naquele vídeo em que ele é picado pela irukandji.
Tentei explicar o contexto do problema:

Tenho uma ~~amiga~~ colega de classe que ~~morreu faleceu~~ foi vítima de afogamento. A questão é que ela era uma nadadora ~~muito boa~~ excelente. Ela morreu em Maryland, em agosto. Não faz muito sentido que ela possa ter simplesmente se afogado. Ela nadava muito bem mesmo, desde quando a conheci. Além disso, eu ~~descobri pesquisei~~ li que as praias em Maryland nem têm ondas muito grandes.

Tentei até mostrar a ele tudo que eu havia aprendido por conta própria:

Li recentemente que os blooms de águas-vivas estão se expandindo pelo mundo todo. E que a irukandji, em particular, que é o tipo que o picou (desculpe se for ~~doloroso~~ difícil para você pensar nisso), provavelmente está se movendo por todo o planeta. Até algum tempo atrás, ~~as pessoas~~ os especialistas pensavam que a irukandji era encontrada apenas na Austrália, perto de você. Mas você sabia que a síndrome de irukandji foi registrada na Flórida quase ~~dez anos~~ uma década atrás? Já escreveram sobre isso em ~~uma revista~~ um periódico médico. Eu encontrei o artigo na internet e terei prazer em ~~enviá-lo~~ encaminhá-lo ~~a você~~ à sua atenção, se tiver interesse em vê-lo.

Tentei fazer perguntas:

Assim, o que estou pensando é o seguinte: e se minha ~~amiga~~ colega de classe ~~tivesse~~ tiver sido picada por uma água-viva?

Será que saberíamos? Será que alguém estaria ao menos procurando por isso?

Quero dizer: será que existe alguma maneira de provar que a razão de ela ter se afogado <u>não foi</u> uma picada de irukandji? Como se pode ter certeza?

E, se não soubermos o que aconteceu com ela, como poderemos evitar que aconteça com outras pessoas?

Depois que assisti ao vídeo tantas vezes que já o sabia de cor, decidi tentar outra abordagem.

Esperei até minha mãe ir dormir.

Era tarde. Quase meia-noite.

Mas Cairns, Austrália, está quase quinze horas à frente de South Grove, Massachusetts, Estados Unidos. Seria início da tarde lá. Em Cairns, eles já estavam vivendo o dia seguinte.

Disquei o número que encontrei no site da universidade. Ouvi o telefone tocar, depois escutei uma voz séria de mulher atender:

— Centro James Cook de Biodiversidade, pois não?

Abri a boca para falar, mas nenhum som saiu.

É só perguntar por Jamie, eu disse a mim mesma. Fechei os olhos com força. *Só pergunte.*

Mas eu já previa qual seria a próxima pergunta. Algo como: "Qual é o assunto?", ou "Sobre o que gostaria de falar com ele?"

E eu não sabia bem como responder a isso.

— Alô? — ela perguntou. — Tem alguém na linha?

Pressionei o fone contra o ouvido. *Quero a ajuda de Jamie*, pensei. *Quero que ele me ajude a fazer algo. Pela minha amiga. Minha amiga, minha não-amiga, que está morta. Quero que ele me ajude a encontrar sentido nisso, a explicar isso, que me ajude a provar que, quando coisas assim acontecem, elas acontecem por uma razão.*

Quero que ele restaure alguma ordem neste mundo.

— Alô? Alô?

Nos filmes, sempre se ouve um tom de discagem quase imediatamente depois que alguém desliga na sua cara. Mas, na vida real, há só um clique, depois silêncio. Se você estiver em um telefone celular, pode ouvir um bip curto e ver uma mensagem de que sua ligação foi encerrada. Mas, se você estiver na sala de sua mãe, e for quase meia-noite, tudo que você ouve é um único clique.

Então, talvez você ouça alguns estalos no aquecedor antes que ele ligue. E, depois disso, silêncio. Nada além de silêncio.

Encontrar as palavras certas nunca foi meu ponto forte.

Como deixar tudo errado

Agora estamos no sexto ano, na Escola de Ensino Fundamental II Eugene Field Memorial, e tudo mudou.

Para começar, ela é maior do que nossa escola anterior. Alunos de três escolas diferentes do fundamental I foram para a Eugene Field Memorial, então há muitos desconhecidos. O prédio também é maior, e há muitas alas diferentes: a ala do sexto ano, a do sétimo, a do oitavo, a ala de artes e a de educação física. Eu me perco com frequência e acabo vagando pelos corredores com alunos bem mais velhos do que eu.

E tem também os armários. No ano passado, todos tinham escaninhos de madeira e ficava tudo exposto. Agora, temos armários de metal que só podem ser abertos com senhas, e todas as nossas coisas ficam escondidas da luz. Os armários ocupam corredores inteiros, alas inteiras, todos enfileirados. À noite, sonho que estou andando por esses corredores. Em meus sonhos, eles continuam infinitamente.

No sexto ano, os meninos e as meninas lançam olhares de lado uns para os outros, como se desconfiassem de todos. Vejo grupinhos de alunos se formando: a bela Aubrey, de cabelos escuros, começou a se sentar com uma menina bonita chamada Molly, de cabelos loiros, e as duas se cercam de outras garotas bonitas, Anna, Jenna e outras, algumas das quais eu conheço de séries anteriores, e outras que eu não conheço. Não gosto de passar por elas quando estão todas juntas na área dos armários. O cabelo delas é tão liso, como se elas soubessem exatamente que produto usar, e isso me deixa muito consciente de meus próprios cachos emaranhados. Faz com que eu me sinta de uma espécie diferente.

***

No começo do ano, pelo menos a hora do almoço é como no ano passado, com nós duas sentadas juntas, compartilhando lanches, e tudo é muito simples.

Mas, depois de um tempo, as coisas mudam. No início, não percebo as mudanças.

A cada dia, eu me sento em nossa mesa habitual e como meu sanduíche de queijo enquanto espero você comprar seu leite. Começo a esperar mais tempo do que antes. Isso porque, em vez de vir direto para a mesa, você se demora. Conversa com as pessoas, pessoas que eu nem conheço, e não tem pressa. E você não está só conversando. Você para com o quadril inclinado para o lado, o que me faz pensar se estaria esperando Dylan passar. A cada dia, parece que você demora um pouco mais.

Então, um dia, você sai da fila do almoço, e eu acho que está vindo para nossa mesa. Mas você não vem. Em vez disso, se senta a uma mesa com outras meninas. E não são simplesmente quaisquer meninas: você se senta com Aubrey, Molly, Jenna e Anna. Elas sorriem para você como se fosse totalmente normal você se sentar lá. Eu vejo os movimentos das bocas enquanto vocês conversam.

Encontro seus olhos do outro lado do refeitório. Franzo a testa e levanto as mãos para dizer: "O que você está fazendo?"

A princípio, você desvia o olhar. Eu não paro de encarar você. Depois de um tempo, você olha de volta para mim. Sorri e faz um aceno, me chamando.

Como se eu quisesse me sentar com aquele grupo...

Faço cara de mau humor. Olho para meu sanduíche. Um inspetor passa por mim e diz:

— Cuidado, ou a sua cara vai congelar nessa posição.

Naquela noite, digo para minha mãe que quero começar a comprar leite e lanche na cantina. Assim vou poder ficar do seu lado enquanto você compra seu leite.

No dia seguinte, depois que nós duas pagamos nosso lanche no caixa, eu digo:

— Vamos — e puxo você para nossa mesa habitual.

Você vem comigo, senta comigo, e somos apenas nós duas, como deveria ser. Mas você fica muito quieta durante o resto do almoço e, depois de comer, junta o papel do lanche e se levanta sem nem olhar para mim.

Alguns dias depois, você me diz:

— Vou comer com aquelas meninas hoje — e faz um gesto com a cabeça indicando a mesa de Aubrey, como se não tivesse nada de mais. Sua voz é o tipo de voz que minha mãe às vezes chama de "petulante". Após alguns segundos, você acrescenta: — Venha também. Elas são legais. — E sua voz é um pouco mais gentil então, como se talvez você tivesse se arrependido um pouco.

Eu sigo você até a mesa. Você se senta ao lado de Jenna. Não há muito espaço, mas eu espremo outra cadeira entre vocês mesmo assim. Todas dizem oi, mas, depois disso, praticamente ninguém fala comigo durante o resto do almoço.

Antes de o almoço terminar, as meninas pegam pequenos espelhos redondos. Elas compartilham blush e sombras de olhos em vários tons de verde, azul e cinza. Falam sobre formatos de rosto e tons de pele, e comentam sobre um grupo de meninas que está usando as cores erradas de roupas para o seu tipo físico. Não sei como, mas você sabe do que elas estão falando, sabe o suficiente para concordar que Dorrie Perkins tem pele "oliva" e rosto "oval", mas que Emma Strank tem um tom de pele frio e rosto em forma de coração.

Você se vira para mim e diz gentilmente:

— Seu rosto também tem mais ou menos forma de coração, Suzy.

— E eu não consigo evitar. Faço uma cara de reprovação, e você desvia os olhos depressa.

* * *

No dia seguinte, você se senta com elas outra vez. Eu vou atrás, porque melhores amigas sempre almoçam juntas. Molly diz que, durante a aula de hip-hop, ela enrola as pernas e a barriga com uma faixa de plástico para suar mais.

Penso no conselho que minha mãe sempre me deu: que é importante fazer muitas perguntas para as outras pessoas. Então, eu pergunto:

— Por que você quer suar mais?

Molly não responde, mas Aubrey se inclina em minha direção e diz, muito devagar, como se fosse óbvio:

— Porque isso faz a calça dela se ajustar melhor.

Tento de novo.

— Na verdade, os seres humanos têm a maior parte das glândulas sudoríparas na sola do pé. — Digo isso porque é verdade, e também porque quero entrar na conversa.

Molly olha para mim e levanta uma sobrancelha. É assim que fico sabendo que disse algo errado.

Tento outra vez.

— Vocês sabiam que o suor é estéril quando sai do nosso corpo?

Molly pressiona os lábios e suas narinas se abrem muito levemente.

— É mais ou menos como o xixi — continuo. — Todos pensam que o xixi é muito nojento, mas na verdade é totalmente limpo.

A mesa fica muito, muito silenciosa.

— Algumas pessoas até bebem o próprio xixi, sabiam?

Noto que a mão de Jenna, que estava a caminho de colocar uma pipoca na boca, fica paralisada no ar.

Ela olha para Molly. Aubrey olha para você, depois para Anna.

Ninguém olha para mim.

Digo:

— Na maioria das vezes, quando as pessoas bebem xixi, é porque precisam. Se estiverem presas embaixo de destroços, por exemplo, ou alguma coisa parecida. Mas tem pessoas que fazem isso porque acreditam que é bom para a saúde.

Jenna sacode a cabeça e larga a pipoca na mesa. Molly fecha os olhos e aperta os lábios. Parece que ela está tentando não rir.

Na verdade, parece que todas estão tentando não rir.

Até você.

— Ah, vocês sabem quem mais bebe o próprio xixi? — Não consigo impedir as palavras de saírem, mesmo percebendo, no momento exato em que elas deixam minha boca, que são palavras erradas. — Borboletas. Elas obtêm sais e minerais desse jeito. E muitos animais usam o xixi para se comunicar entre si. Eu sei que parece meio nojento, mas... — Quando minha voz falha, eu mordo o lábio. Respiro fundo algumas vezes, tentando ignorar o silêncio.

Pego minha bolsa e tiro um pacote de balas. São de morango. Ofereço para você.

— Quer?

Você sacode a cabeça. Sem olhar para mim.

— Tem certeza? — insisto. — São de morango...

Você olha além de mim, com os olhos fixos em algo acima de meu ombro direito.

— Não entendeu?

As outras meninas se entreolham outra vez.

— Morango para a Menina Morango — explico, agitando ligeiramente o pacote de balas.

Seus olhos vêm direto para mim agora. E se apertam.

— Hã? — pergunta Aubrey.

— Nada — você corta. — Não é nada. É só uma brincadeira boba que a gente fazia quando éramos muito, muito pequenas. — Você me lança um olhar furioso. — Algumas pessoas não sabem quando é hora de crescer, só isso — você acrescenta, depois se levanta.

Na mesma hora, as outras meninas se levantam também.

Pouco antes de se afastar, você se inclina para mim, tão perto que posso sentir seu calor. Seu rosto está muito vermelho. Seus olhos faíscam.

— Por que você tem que ser tão esquisita, Suzy? — você sibila.

Nunca vi você tão brava. Fico confusa, porque tudo o que fiz foi lhe oferecer uma bala, o que é algo que amigos fazem.

— Você é... tão... esquisita — você diz. Depois se vira e cruza o refeitório a passos rápidos, em direção à saída. As outras meninas a seguem.

Fico muito surpresa. Tão surpresa quanto no primeiro dia em que a conheci, quando vi você nadar debaixo d'água, quando eu achava que você era como eu e não sabia nadar.

Aquelas meninas estão seguindo você. Você é a menina que antes tinha medo de ler em voz alta na classe, tinha medo de passar a noite longe da sua mãe, e agora essas meninas estão seguindo você. Ninguém nem se vira para olhar para mim.

Cara a cara

No início de cada sessão, a dra. Pernas me fazia apenas uma pergunta: "Você vai ficar em silêncio ou prefere falar hoje?" A cada semana, eu respondia da mesma maneira: apertava os lábios e olhava para os pés.

A dra. Pernas se recostava na cadeira, cruzava as mãos sobre o colo e recebia meu silêncio com o dela. Enquanto meus pais esperavam do outro lado da porta, nós ficávamos ali, sentadas, sem dizer uma única palavra, semana após semana.

O que me fazia pensar em um músico sobre o qual Aaron me contou uma vez: um compositor que escreveu uma peça musical sem nenhuma nota. Quando a obra é executada, um solista entra no palco, abre o piano, liga um cronômetro e não toca nada. Aaron disse que, na primeira vez em que a obra foi apresentada, o público ficou nervoso: as pessoas sussurravam entre si e se agitavam nos assentos. Algumas até foram embora. Agora, quando ela é executada, as pessoas já esperam o silêncio. Em vez de ficarem bravas ou nervosas, elas escutam outras coisas: o farfalhar dos programas, o roçar dos tecidos nos assentos, as tosses educadas. Elas ouvem *a si mesmas*, o que não ouviriam de outra forma, ainda que esses barulhos estejam sempre ali.

Essa obra se chama *4'33"*, porque o músico fica sentado em silêncio por exatamente 4 minutos e 33 segundos.

Se as pessoas ficassem em silêncio, poderiam ouvir melhor o barulho de sua própria vida. Se as pessoas ficassem em silêncio, o que elas falassem, quando escolhessem falar, se tornaria mais importante. Se as pessoas ficassem em silêncio, poderiam ler os sinais umas das outras, do modo como criaturas submarinas piscam luzes entre si, ou fazem sua pele assumir diferentes cores.

Os humanos são muito ruins para ler os sinais uns dos outros. Eu sabia disso agora.

Às vezes eu tentava imaginar que sinais a dra. Pernas enviava para mim, mas não conseguia entendê-los. Eu tinha vivido no mundo das palavras por tanto tempo, imagino, que o silêncio ainda não era uma linguagem que eu compreendia.

A cada semana, depois de 45 minutos, a dra. Pernas encerrava o silêncio, dizendo: "Acabou o nosso tempo".

Eu esperava realmente que meus pais não estivessem gastando uma fortuna com essas sessões.

***

Durante minha quarta sessão com a dra. Pernas, algo mudou. Mais ou menos na metade da consulta, ela falou:

— Suzanne, você já parou para pensar por que as pessoas falam umas com as outras? Por que a fala existe, para começo de conversa?

A dra. Pernas explicou que muitas pessoas acreditam que a comunicação oral evoluiu porque as sociedades humanas haviam se tornado tão complexas que gestos e grunhidos não eram mais suficientes.

E então ela acrescentou:

— Mas não é isso que eu acho.

Se ela pensou que eu perguntaria o que ela achava, pensou errado.

A dra. Pernas se inclinou em minha direção e disse:

— Acho que ela se desenvolveu pela nossa necessidade de sermos compreendidos.

Nossa necessidade de sermos compreendidos. Essas palavras me levaram a pensar em todas as coisas que eu havia feito de errado para tentar fazer minha amiga Franny entender, em tudo que havia acontecido até desembocar no momento em que eu a vi se afastando de mim pela última vez, chorando e carregando aquelas sacolas horríveis.

Doía demais pensar nisso, então eu expulsei as lembranças de meu cérebro o mais depressa que pude. Exatamente como sempre fazia. Em substituição a elas, pensei em Jamie. Desde meu telefonema fracassado, eu vinha tentando com muito empenho encontrar um modo de entrar em contato com ele.

— Ser compreendido é uma necessidade humana fundamental — disse a dra. Pernas. — Você não gostaria de ser mais bem compreendida?

Fiquei sentada, muito imóvel. "Confie em mim", a dra. Pernas tinha dito em nossa primeira sessão. "Eu não vou julgar."

Mas como poderia essa mulher, entre todas as pessoas, ajudar alguém a me compreender?

— Não existe algo que você queira desesperadamente expressar?

Sim, existia. Eu precisava da ajuda de Jamie. Então assenti com a cabeça.

— Talvez eu possa ajudar você a encontrar as palavras — disse ela. Sua voz era baixa e animada, como se eu e ela fôssemos parceiras em uma grande conspiração.

Era evidente que ela achava que nós estávamos experimentando o tipo de coisa que ela provavelmente chamaria de um *avanço*.

Apertei os olhos para avisá-la que aquilo não era nenhum avanço.

— Bem — disse ela —, seja o que for que você queira dizer, recomendo que seja direta e fale. Apenas abra a boca e conte ao mundo o que está pensando.

Jamie, me ajude, pensei. *Jamie, você é a pessoa certa*.

— Claro que, com a sua geração — ela continuou —, sinto que preciso acrescentar o seguinte: por favor, não faça isso por mensagem de texto, e-mail ou qualquer coisa desse tipo. Quando você precisar comunicar algo importante, fale a sua verdade *cara a cara*.

Cara a cara. Ha. A pessoa de quem eu precisava de ajuda estava literalmente do outro lado do mundo.

— Há uma *razão* para eu estar dizendo isso, Suzanne — a dra. Pernas falou. — Você sabia que a maior parte do que nós comunicamos a outras pessoas acontece de forma não verbal?

Bem, alguns de nós tentam se comunicar sem palavras, pensei. *Nem sempre funciona.*

Certamente não funcionou para mim.

— Quando você diz o que tem a dizer por meio de um computador ou telefone, muitas vezes há *falhas de comunicação*. Mas, quando são *só você e outra pessoa,* e você está *bem diante dela,* falando a *sua verdade,* é muito mais provável que ela *compreenda*.

Só eu. Falando a minha verdade. Cara a cara.

— E eu aposto qualquer coisa com você que a outra pessoa vai responder.

Eu me imaginei sentada diante de Jamie. Ele sorria para mim, como se perguntasse: "Como posso ajudar você?"

Sorri de volta.

— Vejo que você está sorrindo — disse a dra. Pernas. — Então imagino que isso a ajude?

Dei de ombros, o que ela aparentemente tomou como um sim.

— *Maravilhoso* — disse ela. Em seguida se recostou na cadeira e cruzou os braços sobre a barriga. — Simplesmente *maravilhoso*.

Ficamos sentadas em silêncio pelo resto da sessão. Quando a dra. Pernas abriu a porta, deu um sorriso largo para meus pais.

— Acho que fizemos um *grande progresso* hoje — ela lhes disse.

Eles responderam também com sorrisos, de coração aberto e com muitas esperanças.

Milhões de coisas para aprender

Pensei muito em Jamie enquanto pesquisava águas-vivas para meu relatório de ciências. Era difícil imaginar como seria possível alguém se tornar um especialista em águas-vivas. Havia milhões e milhões de coisas para aprender, mais do que eu jamais havia imaginado que uma pessoa *pudesse* aprender sobre um único animal.

Por exemplo, se você cortar uma água-viva ao meio, talvez ela se torne simplesmente duas águas-vivas; elas podem se dividir do mesmo jeito que as células fazem. E, se você machucar uma água-viva, pode acabar encontrando centenas de pequenos clones flutuando em volta, réplicas minúsculas geradas uma após a outra do tecido danificado, como se tivessem sido cuspidas de uma impressora 3D.

Existem mais de 1.500 espécies de águas-vivas... talvez até umas 10 mil. Estávamos descobrindo coisas novas sobre elas o tempo todo. Essa era uma ideia que me deixava tonta: que eu poderia estudar águas-vivas pelo resto da vida e nunca ficar sem coisas novas para aprender.

Enquanto eu trabalhava, as palavras da dra. Pernas continuavam ecoando em minha mente.

Quando você precisar comunicar algo importante, fale a sua verdade cara a cara.

Eu queria fazer isso. Queria desesperadamente poder me sentar com Jamie. A cada novo fato aprendido — *águas-vivas-caixa têm olhos primitivos, embora não tenham cérebro* —, eu queria falar com ele ainda mais.

Se eu pudesse me sentar com Jamie, imagino quantas coisas ele poderia me contar que eu jamais pensaria em perguntar por conta própria: coisas sobre correntes oceânicas, temperaturas da água e o que sabemos sobre onde a síndrome de irukandji já apareceu no mundo. Talvez ele inserisse vários tipos de números em uma planilha e então dissesse: "Sim. Sim, você está certa, Suzy Swanson. Você descobriu o que aconteceu com a sua amiga. Você foi a única pessoa que fez isso".

Se eu pudesse me sentar com Jamie, eu também lhe contaria coisas. Falaria a ele de um biólogo sobre quem eu li, uma pessoa que viveu muito tempo atrás. Ele estava caminhando pela praia logo depois que sua esposa morreu. Viu uma água-viva em uma piscina de maré, e o rodopio de seus tentáculos fez com que ele se lembrasse do rodopio dos cabelos dela. Então ele passou o resto da vida pintando imagens de águas-vivas.

Eu contaria a Jamie tudo sobre Franny. Sobre como ela estava aqui e depois não estava mais, e como eu vi o rodopio de seus cabelos dentro daqueles tanques.

Encontrar Jamie seria impossível. Significaria voar para outro continente, o que seria insano. *Paf paf*, como Franny diria. Não poderia acontecer nem em um milhão de anos.

Mas e se pudesse?

Como saber que as coisas mudaram

Depois daquele almoço em que falei sobre xixi, passei a manter a boca fechada. Sento-me à mesa com você e aquelas meninas, mas não falo nada.
 E ninguém fala comigo também.
 Algumas semanas se passam assim: eu me sento e observo vocês conversarem. Então, um dia, eu me sento outra vez em nossa antiga mesa. Você não vem comigo e, quando senta com aquelas outras meninas, fica de costas para mim.
 Passam-se semanas. Um mês. Leio livros enquanto como. Faço a lição de casa. Escuto os barulhos do refeitório. A voz alta dos alunos, as batidas de porta dos armários, o ruído de sacolas de papel marrom sendo amassadas, os gritos dos inspetores: "Sem correr", "Recolham seu lixo, por favor", "As bandejas do refeitório não podem ser usadas como armas".
 Espero você voltar.
 Não nos vemos mais nos fins de semana. Se eu telefono, você me diz que vai sair para fazer compras com sua mãe. Ou vai visitar sua tia- -avó Lynda. Você tem aulas particulares de matemática, porque os fatoriais estão dando um nó em sua cabeça.
 Um dia, um dia incomumente quente de primavera, tenho uma ideia: vou de bicicleta até sua casa. Vou pedir desculpas por ter sido esquisita no almoço, por falar que o xixi é estéril. Vou prometer não ser mais esquisita, se pudermos começar tudo outra vez.

Eu já vivi onze anos e meio, que dão 4.199 dias, se incluirmos os dois anos bissextos, e isso são 100.776 horas, totalizando mais de 6 milhões de minutos, mas apenas no planeta Terra.

Em Plutão, que leva quase 250 anos terrestres para dar a volta em torno do Sol, eu ainda teria um ano de idade. Em Mercúrio, por outro lado, eu teria quarenta e cinco.

Mas, na Terra, tenho onze anos e meio, e isso já é idade suficiente para não ser mais esquisita.

Paro a bicicleta na calçada oposta à da sua casa. Ouço vozes. Vozes de meninas.

Há três meninas no jardim, e elas estão jogando água de mangueira umas nas outras. Parecem quase adolescentes pelo jeito como dão gritinhos quando são atingidas pela água. Fico observando por um tempo, até que uma delas, a que tem cabelos loiro-avermelhados, parece levantar os olhos.

Você olha para a rua apenas por tempo suficiente para me ver ali. Depois desvia o olhar e volta para os gritinhos.

Nesse instante me dou conta do meu shorts desfiado e de que estou usando uma camiseta desbotada da imobiliária da minha mãe, a Hilltown Realty — "HIILTOWN REALTY: TRANSFORMANDO SEUS SONHOS EM UM ENDEREÇO!" A mesma que minha mãe usa quando está cuidando do jardim.

Então vejo a mim mesma da forma que você me viu: como alguém que está fora de lugar neste mundo.

Formigas-zumbis

As temperaturas caíram. As meninas começaram a usar seus jeans enfiados dentro de botas com forro peludo. A geada aparecia nas janelas. Mamãe resmungava que ninguém nunca compra casas quando o tempo fica frio.

Não demorou muito para que os alunos começassem a apresentar os relatórios de ciências na aula da sra. Turton. Muitos relatórios eram interessantes. Molly fez o seu sobre escoliose; ela mostrou imagens radiográficas das costas de sua irmã e explicou como a coluna dela se inclinava em curvas lentas, como um rio preguiçoso. Jenna fez seu relatório sobre golfinhos, cuja audição, disse ela, é dez vezes melhor que a dos humanos.

Justin fez um relatório sobre gatos mutantes. Ele mostrou uma fotografia de um gato com duas caras diferentes.

— Como estão vendo, Frank e Louie aqui têm duas caras, duas bocas, dois narizes e três olhos — disse ele. — Eles até entraram no livro *Guinness World Records*!

Dylan fez o dele sobre raios, e foi chato, porque raios não são vivos e, além disso, tudo o que ele fez foi explicar a aparência de diferentes tipos de raios.

Os relatórios estavam agendados para três apresentações por dia durante uma semana e meia; eu estava marcada para o último dia. A cada apresentação, eu sentia a minha chegando mais perto.

Agora faltam onze alunos.
Agora dez. Agora nove.
Agora Sarah Johnston estava de pé na frente da classe, falando sobre formigas-zumbis.

— Um fungo assume o comando do cérebro da formiga — ela explicou. — Ele começa a controlar a mente da formiga, levando-a a fazer coisas que nenhuma formiga faria normalmente.

Controle da mente de insetos. É mesmo um tema muito bom para um relatório.

— A formiga cambaleia para fora da colônia feito bêbada — ela continuou. — Até então, tudo o que a formiga fazia era para o bem da colônia. Mas não é mais assim. Ela segue para uma localização precisa, como se fosse guiada por um GPS. Então ela morre, e um talo começa a crescer da sua cabeça.

Ela apontou para uma fotografia de um inseto desidratado com uma haste emergindo do corpo. Dava muita aflição de ver, mas, ao mesmo tempo, era fascinante.

— Então, um dia — disse ela —, o talo explode e espalha esporos pela nova colônia. Assim, novas formigas ficam sob o controle dos fungos.

Justin tinha ficado com a cabeça baixa durante a maior parte da apresentação de Sarah, mas, nesse momento, ele a levantou.

— Para mim parece a descrição da sétima série — ele comentou secamente.

Vi um começo de sorriso nos lábios de Sarah, mas a sra. Turton lançou a Justin um olhar de advertência.

— Sarah, estou curiosa — disse a professora. — O que a fez escolher esse tema?

Sarah hesitou.

— Bom... — Ela mordeu o lábio e pensou. — Eu vi em um programa de televisão. E achei muito interessante. Mas também muito, muito assustador. A ideia de que uma coisa como essa possa acontecer, que algo possa simplesmente controlar o seu cérebro.

— Parece menos assustador agora que você já sabe mais sobre o assunto?

Sarah sacudiu a cabeça.

— Não — respondeu. — Ainda é assustador. Mas ainda é interessante. Legal com arrepios.

A sra. Turton riu.

— Legal com arrepios — repetiu. — Gostei disso. Obrigada, Sarah.

Enquanto Sarah voltava para o seu lugar, o restante da classe aplaudiu educadamente. Agora estávamos um relatório mais próximo do meu.

Sem saber por quê, abri nas folhas de trás do meu caderno e comecei a escrever:

Jamie, se meu relatório correr bem, as pessoas vão fazer mais do que aplaudir. Elas vão sentir algo. Vão se sentir como eu me sinto quando penso em como os oceanos estão mudando para pior, e como as águas-vivas vão fazer até mesmo as baleias morrerem de fome. Quero que elas entendam que o mundo é muito maior que a Escola Eugene Field Memorial, e que percebam quanto ainda há para descobrir.

Depois que elas entenderem isso, vão compreender como será importante quando você e eu provarmos o que aconteceu com a Franny.

Eu posso fazer isso, Jamie.

Eu acho que posso fazer isso.

Mas, puxa vida, eu gostaria de não ter que falar na frente da classe.

Como perder uma amiga

*F*im da primavera. Estamos no acampamento do sexto ano, em Rock Lake.

Nossa classe fez arvorismo e tirolesa. Demos os braços e nos arrastamos um por vez por dentro de um bambolê, sem soltar os braços. Conduzimos uns aos outros, vendados, pelas trilhas e curvas da floresta. As meninas correram de simples aranhas, os meninos brincaram de luta na grama. Um dos nossos monitores, o sr. Andrews, que é o professor responsável pelo sexto ano, mostrou a todos como fazer uma fogueira, começando por gravetos posicionados em forma de tenda. Logo assaríamos salsichas e as lambuzaríamos de ketchup, depois assaríamos marshmallows na fogueira até que eles pegassem fogo e ficassem pretos.

Na viagem de ônibus para cá, eu me sentei sozinha. Você passou pelo meu banco e desabou no assento ao lado de Aubrey. Se eu me virasse, podia ver suas costas quando você se inclinava no corredor para fofocar com Jenna.

Você e Molly estão usando presilhas combinando na frente do cabelo, presas do mesmo jeito. De alguma maneira, essas presilhas conseguem fazer vocês parecerem mais velhas, não mais novas. Vocês duas estão usando brilho labial e, em seus moletons com o zíper puxado até a metade e jeans, parecem um pouco gêmeas. Os meninos entram e saem correndo do bosque, jogando gravetos e pequenos galhos no fogo. Os galhos maiores produzem faíscas no ar, o que faz todos comemorarem. Então Justin pega uma pedra, levanta-a sobre a cabeça e a lança bem no centro do fogo. As faíscas se espalham rapidamente por toda parte, e várias meninas pulam para trás, gritando.

— Alunos do sexto ano, venham aqui! — O sr. Andrews acena para nós debaixo de uma árvore, perto de onde estamos. E começa a contagem regressiva. — Dez, nove, oito...

Os meninos saem correndo, tropeçando e colidindo entre si no caminho. As meninas movem-se mais lentamente. Elas caminham em grupos e não se importam se não chegarem até o sr. Andrews quando ele terminar de contar. Vou andando logo atrás dessas meninas — logo atrás de você —, mas não sou parte de seu grupo, que caminha devagar, observando os meninos. Estou em uma categoria totalmente diferente.

Estou me tornando uma especialista em olhar as costas das outras meninas.

— Senhoritas — o sr. Andrews diz. — Quanta gentileza de se juntarem a nós.

Então ele se volta para o grupo todo e pergunta:

— O que vocês estão ouvindo? — Suas pernas estão mais separadas que os ombros. Seu cabelo é tão curto que ele é quase careca. Parece um soldado. Ou um pit bull.

Todo mundo está em silêncio. De repente, Justin Maloney faz um barulho de pum e todos dão risada, menos o sr. Andrews. Aubrey se inclina e sussurra alguma coisa no seu ouvido. Você ri.

Eu queria desesperadamente que você olhasse para mim.

O sr. Andrews repete a pergunta:

— O que vocês estão ouvindo?

Fecho os olhos. Escuto. Depois de tantos dias sentada sozinha, ouvindo os barulhos do refeitório, sou boa em escutar coisas. Ouço os movimentos de meus colegas de classe. A agitação aguda e urgente de asas de grilos, a melodia ondulante dos passarinhos, o primeiro pio de uma coruja. De longe, vindo de outro acampamento, ouço alguém cantando alto o hino nacional. De outro acampamento ainda, um tum--tum-tum, como as batidas de uma música de rock distante.

Aqueles passarinhos. Há muitos por ali, cantando. Alguns soam como assobios, outros como cau-cau-caus. Alguns parecem tagarelar, e outros entoam melodias que se repetem. São sons diferentes, passarinhos diferentes, mas há um ritmo neles. Nos grilos e nas corujas também. Todos meio que se encaixam. É como música, de alguma forma, todos aqueles tons, todo aquele ritmo, se misturando e se separando.

Então, com um sobressalto, escuto algo. É música. Eu tenho certeza — quer dizer, eu simplesmente sei — que todas aquelas espécies diferentes estão cantando juntas, chamando os sons uns dos outros. Cada um deles pegou um tom, um padrão, e preenche os espaços vazios dos outros sons.

É um concerto, e posso ouvi-lo, se escutar do jeito certo.

Abro os olhos e me viro para o sr. Andrews.

— É uma orquestra — digo, e as palavras saem um pouco ofegantes.

Ele inclina a cabeça.

— O quê?

— Uma orquestra — repito. — Ou... sei lá. Não exatamente uma orquestra, mas parecido com isso.

Ele só fica olhando para mim.

— Todos esses sons — continuo. — Os passarinhos e tudo o mais. Eles estão tocando juntos... — Mas, antes mesmo que as palavras saiam da minha boca, vejo que ele arqueia uma sobrancelha, e sei que essa não era a resposta que ele esperava. É a resposta errada, a resposta mais errada possível, e, agora que ela já saiu, não posso voltar atrás.

Dou de ombros, como se assim eu me afastasse de minhas próprias palavras.

— Pelo menos dá um pouco essa impressão.

— Hum — o sr. Andrews diz, mas de uma maneira que sugere que ele não está pensando de fato no que eu acabei de dizer, nem mesmo um pouquinho. E isso é tudo que basta. Como se ele tivesse dado permissão, meus colegas riem. Todos eles. Você também.

O sr. Andrews fala para a classe o que deveríamos ter ouvido.

— Embora a Suzy escute Mozart nas árvores, o que eu quero que vocês ouçam é outra coisa. — Ele faz um gesto rítmico com as mãos, acompanhando o baixo da música de rock distante.

E então explica que sons de baixa frequência viajam mais longe do que sons de alta frequência, e que é por isso que sempre ouvimos a batida do tambor de um desfile distante antes de ouvirmos o resto da fanfarra ao nos aproximarmos dela.

Minhas bochechas estão pegando fogo. Gostaria de ter pensado em comentar isso, em vez de falar o que eu falei.

* * *

Mais tarde, caminho um pouco pelo acampamento. Sozinha. Escuto a orquestra acima de minha cabeça, até que ouço uma movimentação perto do lago. Dylan e Kevin O'Connor estão jogando alguma coisa de um para o outro. Penso que pode ser uma pedra ou uma bola, mas tem pernas.

É um sapo. Eles o estão lançando de um lado para o outro.

Parem.

Penso isso, mas não falo.

Você está parada perto de Dylan. Você o observa. Seu quadril está inclinado para o lado e você não tira os olhos dele.

Dylan deve saber que você está ali, porque pega o sapo e vira direto para você. Ele agita o animal na frente do seu rosto. Você dá um gritinho, como se estivesse com medo. Mas também como se, de certa maneira, você gostasse do que ele está fazendo.

Ele sorri e olha para o sapo em sua mão.

Depois se vira para uma árvore.

Não, não, não.

É uma bétula. De casca branca. Está só a alguns passos dele.

Por favor. Por favor, não faça o que eu acho que você vai fazer.

Ele levanta o braço.

Eu prendo a respiração. Não.

Tudo acontece em câmera lenta agora, o jeito como ele leva o braço para trás, como o arremessador de um time de beisebol se preparando para lançar uma bola rápida.

A árvore está bem na frente dele. Há um sorriso no rosto de Dylan. Seu braço está indo para trás.

Ele está prestes a matar algo a troco de absolutamente nada.

As outras pessoas gritam e riem ao mesmo tempo.

Ninguém vai impedir aquilo.

Olho direto para você, então. Direto em seus olhos. Você pode impedi-lo. Tenho quase certeza disso.

Digo seu nome — "Franny" —, mas ele sai com um som sufocado.

Você não pode me ouvir. Mas deve ter sentido algo. Deve ter sentido que eu estou observando você.

Você levanta os olhos, direto para mim.

Eu a encaro, com intensidade. Tento comunicar tudo que puder.

Dylan está fazendo isso para você, tento lhe dizer com os olhos. Por favor, não o deixe fazer isso, por favor não ria, por favor não o incentive.

O braço dele está para trás. Muito para trás.

Por favor. Você é a menina que correu comigo embaixo dos morcegos.

Os gritos estão ainda mais altos agora.

Eu vi você com a Marshmallow. Eu vi você chorar quando pessoas eram cruéis.

Ele mantém o braço ali, só por um momento.

Essa não é você. Eu conheço você. Eu conheço você melhor do que qualquer uma dessas pessoas.

E é então que você aperta os olhos. Só um pouquinho. Mas é suficiente.

Quando você faz isso, vejo algo que nunca tinha visto antes: uma espécie de apatia em seus olhos. Você se vira de novo para Dylan. Nesse exato momento, ele solta o sapo.

Você ri e põe a mão na frente da boca, como todos os outros.

Há um meio segundo em que o sapo voa pelo ar — ridiculamente, como em um desenho animado — e então vem o barulho, o terrível barulho. É ao mesmo tempo um tum *e um* splash, *seco e molhado.*

É o pior barulho que já ouvi na vida.

E depois vem um coro de "Eca" e "Que nojo" e "Que horrível", tudo isso misturado com risadas. Muitas risadas.

Eu me afasto deles, de você, de todos vocês. Tenho que respirar fundo para não vomitar.

Não consegui evitar aquilo.

Eu não sei nenhuma das coisas certas. Sei sobre morcegos e vaga-lumes. Sei que xixi e suor são estéreis e que, antes de o universo existir, não havia cores, nem sons, nem luz, nem ar.

Mas essas coisas são inúteis.

Eu deveria saber outras coisas. Por exemplo, como prender uma presilha na frente do cabelo para parecer fofo-mas-não-infantil. Ou como andar em grupo, como dar gritinhos para faíscas de fogueira de acampamento e como ficar perto de meninos com o quadril inclinado para o lado.

Eu deveria saber as palavras perfeitas para dizer quando, mais tarde, você passa por mim com Jenna, e ela debocha, "uma orquestra", como se orquestra se referisse a um punhado de larvas se enrolando umas sobre as outras no fundo de uma lata de lixo. Você ri e continua andando, e eu levo um momento para me dar conta de que você está rindo de mim, da resposta que dei ao sr. Andrews.

Eu deveria saber o que fazer, mais tarde naquela noite, quando escuto um grupo sussurrando e dando risadinhas no escuro. Estou em meu saco de dormir e os risos chegam perto, muito perto, e então percebo alguém logo acima de mim.

Sinto algo quente e molhado em meu rosto.

Cuspe. Alguém cuspiu em mim.

Cuspe não é como suor, não é como urina. Não é limpo.

Não é nem remotamente estéril.

Eu deveria saber como fazer alguma outra coisa além de ficar deitada ali, fingindo dormir, enquanto minha ex-melhor amiga — eu entendo agora, você não é minha melhor amiga, não mais — sai apressada no escuro, afastando-se em meio a risos, enquanto a saliva morna desce pela minha bochecha em direção ao nariz, fazendo cócegas na pele em seu caminho.

No controle

N a noite anterior à apresentação do meu relatório de ciências, não consegui desligar a mente.

Via águas-vivas quando fechava os olhos.

Águas-vivas quando os abria novamente e olhava para a escuridão.

Saí da cama, acendi a luz e comecei a andar pelo quarto, ensaiando o que eu diria.

Estava murmurando o relatório em voz alta quando a porta do meu quarto se abriu.

— Zu? — minha mãe falou. Ela estava de roupão e esfregou os olhos. — O que você está fazendo?

Dei de ombros.

— É uma e meia da madrugada, Zu — disse ela. — Vá dormir.

Mas, mesmo depois que deitei, continuei pairando no limite que separa o dormir do acordar.

De manhã, eu falaria.

De manhã, eu contaria a todos o que eu sabia.

E, quando tivesse terminado, se tudo corresse como eu esperava, eu não estaria mais sozinha em meu entendimento.

E, se não corresse como eu esperava... bem, então Jamie seria realmente a única pessoa que me restaria.

Como não esquecer

O acampamento em Rock Lake aconteceu dias atrás. Mas não consigo tirar aquele sapo da cabeça.

Continuo a ouvi-lo, o tum-splash da carne contra a árvore. Lembro-me de seus membros voando abertos enquanto ele percorria o espaço, como um desenho de história em quadrinhos. Só que não havia nada de engraçado nisso.

Aquele sapo estava indefeso. Completamente.

E os seus olhos olharam diretamente para mim. No momento em que me viram, eles mudaram.

Você tomou uma decisão naquele instante, a decisão de não se importar, a decisão sobre o lado em que você estava agora.

E, toda vez que penso nisso, tenho vontade de gritar.

"Me mate se um dia eu ficar desse jeito", você disse, muito tempo atrás, quando jurou que nunca seria como Aubrey.

"Me mande um sinal", você disse. "Uma mensagem secreta. Faça algo bem grande."

Eu tentei. Tentei chamar seu nome e me sufoquei com ele.

Tentei dizer com os olhos. Você desviou os seus.

Tum. Splash.

É quase o último dia do ano letivo.

Se eu quiser enviar uma mensagem para você, o tempo está se esgotando.

PARTE CINCO

Procedimento

Uma seção de procedimento bem escrita é bastante objetiva. Que materiais você usou? O que você fez? Como fez?

— Sra. Turton

Mais fortes do que nós

Outra coisa que você precisa saber: águas-vivas são mais fortes do que nós.

Pense nisto: uma picada de água-viva é uma das reações mais rápidas no reino animal. Seus espinhos ficam recolhidos como arpões, milhões de armas invisíveis, só à espera. Quando os tentáculos da água-viva roçam uma superfície, mesmo que de leve, isso aciona o gatilho. Em apenas setecentos bilionésimos de segundo, uma fração minúscula do tempo que seria necessário para uma pessoa entender, pensar e reagir, a água-viva ejeta esses arpões, todo o seu veneno, com a pressão de uma bala.

Águas-vivas podem picar até muito tempo depois que morrem, até muito tempo depois de um tentáculo se separar do resto do corpo. Águas-vivas são máquinas de lançar espinhos, e suas picadas são extremamente violentas.

Mas elas não têm nem que pensar nisso, em quem elas picam e por quê. Águas-vivas não ficam perdendo tempo com drama, amor, amizade ou tristeza. Elas não se prendem por nenhuma dessas coisas que causam problemas para as pessoas.

Elas se ligam a outros membros de sua espécie apenas para acasalar, e até isso acontece sem complicação. O macho abre a boca e libera o esperma. A fêmea passa pelo meio do esperma e o recebe. É tudo muito limpo. Organizado. Sem toques, dramas, paixão ou sofrimento.

Os pais nunca se preocupam com o que acontecerá depois. Eles se reproduzem ou não. Seus bebês sobrevivem ou não. Os bebês não pensam nos pais e nenhuma água-viva jamais fica sonhando com outra.

Elas passam umas pelas outras. Nunca param de se mover, nunca param de pulsar pelas profundezas.

Imaginem uma criatura

— Suzy? — A sra. Turton sorriu para mim. — Pronta?

Era o dia de apresentar meu relatório de ciências.

Caminhei até a frente da sala com uma pilha de papéis e várias folhas de cartolina. Meu coração batia tão forte que eu podia escutá-lo nos ouvidos.

Meus pés se moveram pelo chão de ladrilhos. Lâmpadas fluorescentes zumbiam no alto. Alguém se mexeu em uma carteira e ela rangeu. Foi um som tão alto que fiz uma careta.

Respirei fundo. Eu não falava com nenhuma daquelas pessoas desde o ano anterior.

Não tinha certeza nem se conseguiria falar em voz alta.

Mas dei aquela respirada profunda. E fechei os olhos. E pensei em Jamie.

Pensei no jeito como ele estendia a mão dentro do turbilhão de tentáculos, totalmente sem medo. Pensei nele se contorcendo em uma cama de hospital naquele calção de banho vermelho, no jeito como ele deixou o mundo todo vê-lo no meio de sua pior dor, quando ele se sentia como se estivesse recebendo choques de um milhão de agulhas elétricas.

Se ele pôde fazer *aquilo*, certamente eu poderia fazer *isto*.

Olhei fixo para a parede dos fundos da classe, então falei:

— Imaginem uma criatura... — comecei e engoli. (Meu coração batia muito alto.)

— Imaginem uma criatura muito diferente de outros animais, que os estudiosos chegaram a acreditar no passado que fosse uma planta. (Respiração profunda.)

— Uma criatura que tem a boca e o traseiro no mesmo lugar. (Risos então. Bom. Eles estavam ouvindo.)

— Uma criatura que é perigosa para as outras mesmo depois de morta.

Olhei ao redor da sala, por tempo suficiente apenas para notar Sarah Johnston inclinando-se um pouco para a frente na carteira.

Então eu lhes contei. Contei sobre o ciclo de vida de uma água-viva. Falei que as águas-vivas começam quase como uma planta, agarradas ao fundo do mar, e, nessa fase da vida, são um *pólipo*. Mas, quando crescem, elas se desprendem do fundo e ficam livres para pulsar pelo oceano. Nesse momento, assumem a forma de uma *medusa*.

Mostrei-lhes a foto de uma água-viva que parece um ovo frito, outra que parece o Darth Vader, e outra que parece o desenho de um sol feito por uma criança, apenas um grande círculo com linhas saindo em todas as direções. Mostrei-lhes uma água-viva que se acende como uma luz de carro de polícia quando é ameaçada, e outra que absorve toda a luz que a cerca.

— É como um buraco negro vivo — expliquei a meus colegas. — Um verdadeiro buraco negro vivo no fundo do oceano.

Mostrei-lhes fotos e mais fotos. E, depois que terminei de lhes contar todas as coisas básicas sobre águas-vivas — o que elas comem, onde vivem, como se movem e quantas formas diferentes podem ter —, comecei a lhes falar de outras coisas.

As coisas ruins.

Expliquei que as águas-vivas estão se apossando dos mares.

Que estão tomando todo o alimento para si.

Que estão roubando a comida dos pinguins.

Que estão levando as baleias à extinção.

Que muitos cientistas acreditam que hoje há mais águas-vivas do que nunca, e que águas-vivas mortíferas que costumavam estar apenas em lugares como a Austrália estão agora provavelmente em outros locais também. Na Inglaterra. No Havaí. Na Flórida. Talvez até mais perto.

Lugares como Maryland, talvez.

Foi nesse ponto que a sra. Turton falou:

— Desculpe interromper, Suzy — disse ela, gentilmente. — Mas agora você tem que concluir sua apresentação.

— Ainda não terminei — declarei apenas.

— Acho fantástico que você tenha tanto a falar — respondeu a sra. Turton —, mas ainda temos mais uma apresentação hoje e não vai dar...

— Ainda *não terminei* — repeti. Falei mais alto e com mais autoridade do que jamais havia falado a um professor. Mas eu não ia parar. Parar agora, nesse momento, antes de ter chegado às coisas mais importantes que precisavam ser explicadas, era impossível.

A classe ficou muito, muito quieta.

Olhei séria para a sra. Turton, e ela levantou as sobrancelhas, surpresa. Depois baixou os olhos para o colo, como se estivesse pensando. Quando ergueu a cabeça outra vez, ela me dirigiu um sorriso tenso.

— Mais alguns minutos, Suzy — disse. — Você pode terminar o que tem a dizer, mas, por favor, conclua depressa.

Respirei fundo e fui direto ao ponto.

— A mais assustadora provavelmente é a irukandji. Mortífera, transparente e minúscula. Não dá nem para ver esse animal na água.

Eu contei a eles sobre o *número de mortes documentadas*. Sobre a *migração para lugares cada vez mais distantes*. Sobre os *batimentos cardíacos perigosamente acelerados,* sobre a *hemorragia cerebral*. Sobre a *causa de mortes equivocadamente atribuídas a outros fatores*.

E foi quando achei que eles entenderiam.

Achei mesmo: pensei que todos entenderiam.

— ... e é por isso que precisamos aprender tudo que pudermos sobre essas ferozes medusas do mar — falei.

Parei de falar. Engoli. Respirei fundo.

Então levantei os olhos.

A sra. Turton me observava com aquela mesma expressão com que me olhou quando lhe respondi com rispidez. Eu tinha certeza de que ela estava pensando intensamente em alguma coisa.

Acho que consegui, pensei e olhei em volta, para meus colegas de classe, para ver se eles também estavam pensando no que eu tinha dito.

Alguns olhavam para mim e outros não, e os que estavam olhando para mim não pareciam particularmente impressionados.

Um dos meninos no fundo da sala bocejou.

Na fileira ao lado dele, uma menina usava cuidadosamente o pé para empurrar um pedaço de papel dobrado pelo chão até a carteira da menina à sua frente. Esta última derrubou o lápis no chão e se abaixou para pegar tanto o bilhete como o lápis. Ela desdobrou o papel e soltou uma risadinha.

Aubrey deu uma olhada para Molly com a mesma expressão que tinha usado no ano passado, quando eu falei do xixi. Molly respondeu com um pequeno gesto, tão pequeno que a maioria das pessoas não viu. Mas eu vi; ela moveu o dedo em um círculo ao lado da orelha, como se dissesse: "Parafuso solto".

Paf paf.

Olhei de volta para a sra. Turton e então entendi: ela não estava pensando em Franny. Ela *estava* preocupada, mas sua preocupação não era com o modo como Franny havia morrido. Ou com as águas-vivas dominando o mundo.

Era comigo.

De alguma forma, nesse relatório, nas palavras mais importantes que eu já tinha falado em voz alta, eu tinha feito algo errado.

— Suzy — a sra. Turton disse por fim —, isso foi *incrivelmente* completo. Posso ver quanto você se dedicou à sua apresentação.

Ela se virou para o resto da classe.

— Acabamos atrasando nosso cronograma. Desculpe, Patrick, mas terá que se apresentar amanhã. — Patrick, um menino que está sempre fazendo seu dever de casa para a próxima aula no meio da aula anterior, disse "Isso!" e agitou o pulso para frente e para trás, como se estivesse acionando um motor.

E, então, todos voltaram ao normal, como se eu nem tivesse falado nada.

É só isso?, eu queria dizer. Tinha vontade de falar: *Não, não, vocês não entenderam. Será que não escutaram? Não prestaram atenção? Vocês não entendem que uma de nós pode já ter sido levada pelas águas-vivas?*
E que talvez, um dia, esses animais possam levar todos nós?
Deixei cair alguns papéis e olhei fixamente para o chão enquanto os recolhia. Minhas mãos estavam trêmulas.

Alguém no fundo da sala fez aquele som quando você finge que está tossindo, mas, na verdade, está dizendo uma palavra para todos ouvirem.

A palavra era *Medusa*.

Todos riram. Eu me virei e vi Dylan olhando para o teto, todo inocente.

Quando me virei de volta para a lousa, ouvi de novo, e desta vez tive certeza de que era Dylan.

E todos começaram a tossir desse mesmo jeito.

— Medusa!

De repente eu me olhei de fora, como se estivesse observando de um canto da classe. Não vi uma menina que havia acabado de convencer o mundo de algo importante. Em vez disso, vi uma menina esquisita de cabelos crespos, com mãos trêmulas e bochechas manchadas de vermelho. Uma menina sem amigos. Uma menina cujo rosto estava se torcendo de uma maneira muito feia, com lágrimas começando a descer de seus olhos.

Depois que as lágrimas transbordaram, não consegui mais contê-las.

— Medusa!

— Chega — disse a sra. Turton, com a voz brava.

A classe se aquietou, mas eu sabia que, daquele momento em diante, meu apelido seria Medusa.

— Pode se sentar, Suzy — a sra. Turton me disse com gentileza. Eu concordei com a cabeça e voltei depressa para minha carteira.

Não queria ficar simplesmente ali sentada, chorando, não na frente de todas aquelas pessoas. Então, enquanto a sra. Turton explicava a lição de casa, abri meu caderno e peguei a caneta.

Eu queria poder encontrar você, Jamie. Queria poder encontrar você e que você me dissesse que entende. Porque ninguém mais entende.

Eu tentei, mas eles não viram o que eu vi.

Eu sei que você entenderia, porque vi suas fotos. Encontrei muitas fotos suas na internet. Em uma delas, você está segurando um frasco e, dentro dele, está uma irukandji, transparente e fantasmagórica. Seus olhos são doces enquanto você a observa. Em outra, você está olhando através de um tanque para uma água-viva-caixa. A água-viva está no alto do tanque e você está embaixo dele, olhando para cima. Há manchas na água que parecem estrelas no céu noturno. E, como sua imagem está embaçada através do vidro, e você está do outro lado da água, nessa foto é você que parece um fantasma.

E isso é o que eu acho tão interessante. Nunca há raiva em seus olhos. Nunca há aversão.

Você nem sequer olha para essas criaturas como se elas fossem tão diferentes de você.

Você parece curioso, só isso. Como se estivesse tentando entendê-las. Como se talvez essas criaturas tenham algo para nos contar, e você se interessa em ouvi-las.

O que é isso que você tem? Por que se interessa tanto pelas criaturas que todo mundo odeia? Eu vi você naquela cama de hospital, quase morto por causa de uma picada. Por que você não ficou nem um pouco bravo depois daquilo?

O que é isso que você tem que o torna capaz de amar criaturas que ninguém mais consegue amar?

Como enviar uma mensagem

A urina é mais de 95% água. Por acaso, é exatamente assim que as pessoas descrevem as águas-vivas — mais de 95% água —, mas isso não importa para mim ainda. Ainda não. O que importa agora, quando nos aproximamos do fim do sexto ano, é que congelar urina é fácil.

"Me mande um sinal", você disse uma vez. E, por um longo tempo, eu não soube como fazer isso. Mas, depois do acampamento, depois que senti aquela saliva em meu rosto, eu descobri.

"Faça algo bem grande", você também disse.

Lembra quando eu disse a vocês, naquele dia no refeitório, que vários animais usam o xixi para se comunicar? Foi isso que eu decidi fazer. Vou enviar uma mensagem do mesmo jeito que você enviou a sua: com fluidos corporais.

Preciso de discos finos e achatados. Estes são fáceis de fazer, especialmente porque eu tenho trazido para casa as sobras de comida do Ming Palace todos os sábados. As embalagens plásticas para viagem são perfeitas. As menorzinhas, aquelas que têm poucos centímetros de altura, são as melhores; mais fáceis de empilhar no fundo do freezer.

Fazer xixi dentro dessas embalagens é fácil. Eu sento no vaso sanitário e vou segurando uma após outra embaixo de mim, parando no meio do jato para fazer as trocas. Coloco as embalagens no chão à minha frente, depois fecho as tampas.

É tudo muito limpo. Como eu disse certa vez, num dia em que tudo o que eu falei só serviu para piorar as coisas, a urina é estéril. A única coisa nojenta nela é que nós achamos que ela é nojenta.

Eu estava certa sobre isso. Mesmo que aquelas meninas tenham dado risada, e você também, eu estava certa.

Depois que as tampas estão bem fechadas, eu lavo o lado de fora das vasilhas e as coloco no freezer. Cubro-as com vários pacotes de legumes congelados e ponho formas de gelo na frente.

E então vou para a cama. Amanhã é o último dia do sexto ano.

De manhã, enquanto minha mãe toma banho, eu empilho as embalagens plásticas congeladas dentro de uma bolsa térmica e a coloco no fundo da mochila. Meu estômago dói, mas há muito tempo não sinto tanta certeza. Até consegui, pelo menos por enquanto, parar de ouvir aquele terrível tum-splash dentro do meu cérebro.

Digo à mamãe que o professor de série do sexto ano convidou os alunos para ajudarem a desocupar a classe, e peço para ela me levar à escola mais cedo. Ela não faz nenhuma pergunta. Mesmo quando o estacionamento está quase vazio, ela não pergunta nada.

Ela confia em mim, eu acho. Ainda confia em mim, embora eu não mereça mais essa confiança.

Talvez seja isso que acontece quando uma pessoa cresce. Talvez o espaço entre você e as outras pessoas em sua vida fique tão grande que você pode enchê-lo de todo tipo de mentiras.

Não há ninguém no corredor. Sem nenhum aluno, o corredor não parece ser de uma escola real; parece um cenário de filme. Imagino que estou no futuro, e que todas as pessoas desapareceram, e que sou o único ser humano que resta no mundo inteiro. Do lado de fora, insetos gigantes estão rondando o planeta; a qualquer segundo eles podem aparecer nas portas duplas no fim do corredor; eles entrarão para me devorar e esse será o meu fim.

Sinto o peso da bolsa que estou carregando, minha mensagem para você, e me dirijo até os armários.

Terrivelmente errada

Quando o sinal tocou depois que eu terminei de apresentar meu relatório de ciências, a sra. Turton disse:

— Suzy, espere um minuto.

Eu concordei com a cabeça, mas não levantei os olhos. Só fiquei olhando para minha carteira enquanto todos os outros alunos pegavam seus livros e saíam para o corredor, tagarelando, como se todo o meu relatório idiota nem tivesse acontecido.

Quando passou por mim, Justin Maloney deixou silenciosamente um pedaço de folha de caderno em cima da minha carteira. O papel estava coberto de desenhos apressados, todos eles de águas-vivas, alguns parecendo versões toscas das imagens que eu tinha mostrado para a classe.

Quando a sala ficou vazia, a sra. Turton se voltou para mim:

— Suzy?

Eu não disse nada.

— Ei, Suzy — ela falou e me esperou levantar a cabeça. — Foi um relatório muito bom. Deu para ver como você se esforçou nas pesquisas. Eu raramente dou nota A para esses relatórios, mas vou dar para o seu. Você merece.

Olhei de novo para os desenhos de Justin. Eram desleixados, mas até que bastante precisos.

— Sabe — a sra. Turton continuou —, eu costumo almoçar aqui. Será um prazer se quiser me fazer companhia. Estou sempre aqui se quiser conversar.

Isso me fez lembrar da dra. Pernas, *o médico com quem eu poderia conversar*, só que eu não tinha vontade.

Eu quero conversar é com Jamie. Com Jamie, eu saberia o que dizer.

— Ou podemos simplesmente ficar sentadas e comer em silêncio — a sra. Turton falou. — Não precisamos conversar. Está bem?

Concordei com a cabeça, mas não olhei para ela. Se eu olhasse para ela, poderia começar a chorar outra vez.

— Pode se sentir orgulhosa, Suzy — disse ela. — Você fez um excelente trabalho hoje.

Então saí da classe e fui para o corredor, pensando que esta era mais uma coisa que eu não entendia: como alguém pode trabalhar com tanto empenho em um relatório, conseguir até uma nota A, mas ainda assim sair sentindo que fez algo errado.

Como se você, você mesma, fosse terrivelmente errada.

Mais errada ainda

Quando chego ao armário número 605, o seu armário, abro a bolsa térmica. Esta é a sua mensagem.

E você vai entender.

Os discos ainda estão congelados, mas começaram a descongelar nas bordas. Isso é perfeito; eles saem das embalagens de plástico com facilidade.

Os armários têm fendas de ventilação em ângulos para cima. Os discos são exatamente do tamanho certo para entrar através desse espaço. Eu trabalho depressa, mas com calma, enfiando cada um deles dentro do seu armário.

Ignoro meu estômago, que se contrai com força. Eu não sei se algo nisso poderia ter sido diferente, se havia alguma outra mensagem que eu poderia ter enviado, algo que eu pudesse ter feito antes e que tivesse permitido que neste momento eu estivesse sentada no ônibus com você em vez de estar aqui, enfiando discos de xixi congelado em seu armário.

Ouço a batida no metal quando um disco congelado atinge o fundo do armário, e o som abafado de outro que aterrissa sobre algo macio.

Não faz tanto tempo assim eu jogava bilhetinhos dentro do seu armário, marcados com "BFF" e "SÓ PRA VOCÊ", e nossos apelidos — MISS FRIZZ e MENINA MORANGO. Esse é um tipo diferente de bilhete.

Você não devia ter rido de mim. Não devia ter me chamado de esquisita. Não devia ter cuspido em mim.

Mas quero que você saiba: isso não tem a ver com vingança. Esta sou eu, apenas fazendo o que você me pediu para fazer. Sou eu, tentando fazer você ouvir. Tentando fazer você finalmente, realmente, ouvir. Tem a ver com nos salvar antes de você desaparecer completamente.

Primeiro, você vai ficar chocada. Vai olhar direto para mim, como se dissesse: "O que você fez?"

E eu vou olhar de volta para você. Firmemente. E, com os olhos, vou lhe dizer: "Você me pediu para fazer algo bem grande".

Então você vai começar a entender: eu fiz algo grande porque tive que fazer.

Fiz algo grande porque foi o que você pediu que eu fizesse.

Fiz algo grande porque era a hora. Era a hora de trazer você de volta, de nos trazer de volta.

E é então que a expressão em seu rosto vai mudar, e seus olhos vão dizer: "Eu realmente machuquei você tanto assim?"

E meus olhos lhe dirão: "Sim".

E seus olhos dirão: "Eu compreendo".

E então seus olhos vão dizer: "Desculpe".

E estaremos acertadas. Poderemos começar outra vez.

Imagino os discos caindo sobre seu moletom cor-de-rosa do Red Sox, descendo pelas imagens coladas do lado de dentro da porta do seu armário: as fotos de gatos recortadas de revistas, o espelho de ímã com fundo de bolinhas, as fotos de suas novas amigas, aquelas que um dia substituíram a fotografia de nós duas juntas no Parque Six Flags. Quando penso em suas novas fotos, empurro os discos especialmente com força.

Assim que deixo cair o último, pego as embalagens de plástico vazias e as tampas e enfio tudo de volta na bolsa térmica. Levo-a para o banheiro feminino, jogo-a no cesto de lixo e a cubro com toalhas de papel amassadas.

Depois vou até a pia lavar as mãos.

E é enquanto estou de pé ali, na frente do espelho, que sinto uma coisa diferente. Minha nuca lateja de dor. Uma pálpebra começa a tremer. Eu me seguro na pia e tento olhar para o espelho, mas tudo está embaçado. O que quer que seja essa sensação, eu quero fugir dela, mas minhas pernas não querem me segurar. Até que eu desabo no chão.

Em quarenta minutos, os corredores estarão cheios de gente. O gelo terá derretido, e seu armário estará encharcado.

Veneno

O que você e eu entendemos, Jamie, é que ter veneno não torna uma criatura má. Veneno é uma forma de proteção.
    Quanto mais frágil o animal, mais ele precisa se proteger. Portanto, quanto mais veneno uma criatura tiver, mais devemos ser capazes de perdoá-la. Elas são as que mais precisam do veneno.
    E, sério, o que é mais frágil que uma água-viva, que nem tem ossos?
    Acho que você entende isso. Eu só queria que você soubesse que eu também entendo.
    Gostaria que pudéssemos sentar e conversar sobre essas coisas. Sobre espinhos e venenos, inícios e fins, e todas as criaturas que ninguém mais parece entender.

Olhe para mim

Estou parada na frente do meu armário quando vejo você se aproximar. Meu coração bate mais regularmente agora. A sensação de suor frio e pegajoso passou. Apenas aquela indisposição no estômago permanece.

Pouco antes de você chegar ao seu armário, fecho o meu e começo a caminhar em direção à sala de aula. Conto os segundos. Não olho para você, ainda não, mas eu sei mesmo assim: você está girando a combinação na fechadura. Agora está levantando a maçaneta do armário. Agora está pondo a mão lá dentro.

Quando ouço a agitação, não me viro para trás.

Alguém grita:

— Que nojo!

Depois, de outros alunos, eu ouço:

— Eca!

— Xixi! É xixi!

— Caramba, alguém mijou no armário dela!

Ouço risadas. Ouço passos de gente correndo para ver o que está acontecendo. Sinto a comoção, sinto a energia ali, como se tivesse forma, peso e volume. É algo que eu poderia alcançar e tocar, se me virasse.

Concentro-me no ar que entra e sai de meus pulmões.

Alguém diz:

— Vou avisar a diretoria. — Ouço passos correndo.

Paro na porta da sala de aula. Arrumo meus livros lentamente, cuidadosamente.

Só levanto os olhos quando a multidão se desfaz.

Seus ombros estão curvados, como se você tivesse se dobrado sobre si mesma. Está chorando, eu penso, sentindo-me estranhamente desligada de meus próprios pensamentos. Franny está chorando.

Agora você precisa olhar para mim. Para que a mensagem funcione, para que você entenda, você precisa olhar para mim.

O sinal toca. Meus colegas passam por mim e entram na sala. Eles ainda estão rindo.

O professor chega e diz a todos para se sentarem, mas eu permaneço de pé, junto à porta.

Olhe para mim, penso.

O professor me chama:

— Suzanne Swanson, sente-se, por favor.

Há um apontador de lápis perto da porta. Eu procuro em minha mochila, pego um lápis e o coloco no apontador. Viro a manivela muito devagar.

A sra. Hall, a secretária da escola, aproxima-se de você com sacolas plásticas. Você enche as sacolas com seus pertences, um por vez. Seus ombros estão sacudindo muito agora.

O professor pede que os alunos comecem a esvaziar suas carteiras. Continuo a virar o apontador de lápis.

Olhe... para... mim.

E, então, você e a sra. Hall caminham em direção à diretoria. Ela não se oferece para carregar nenhuma de suas sacolas. Você se afasta mais a cada passo. Se não se virar logo, não poderá mais ver meus olhos.

Juntas, vocês dobram o corredor.

E você desaparece.

Não penso se essa é a última imagem que terei de você nesta Terra. Por que imaginaria tal coisa?

O que estou pensando agora é simplesmente isto: Você não olhou.

Não é um novo começo para você, eu percebo. É algo totalmente diferente.

É um tipo de fim.

Apoio a mão na parede para me equilibrar e entro na classe, onde meus colegas tiram pilhas de papéis das carteiras. O professor diz que, se todos acabarem a limpeza depressa, poderemos fazer uma disputa de aviõezinhos de papel com parte daquele material. Todos comemoram. Todos, menos eu.

Eu não sinto absolutamente nada.

O nada permanece comigo pelo resto daquelas horas finais e inúteis do sexto ano — enquanto meus colegas lançam aviõezinhos de papel pela sala de aula, enquanto eu me sento sozinha no piquenique de fim de ano, enquanto os ônibus saem do estacionamento, encerrando este ano escolar horrível.

É só mais tarde que eu sinto alguma coisa.

É só mais tarde, quando entro no banheiro, sento no vaso sanitário e encontro uma única mancha vermelha de sangue em minha calcinha. O sangue é uma surpresa. Quando o vejo, sinto uma profunda onda de vergonha. Ele grita sua cor vermelha para mim como um aviso.

Ou talvez uma acusação.

Polinização

Depois que apresentei meu relatório de ciências, meus colegas começaram a tossir "Medusa" nas mãos toda vez que eu passava pelo corredor.

Eles fizeram isso pelo resto do dia e — só para deixar bem claro que não seria coisa de um dia só — continuaram a fazê-lo quando voltei à escola na manhã seguinte.

Essa foi apenas uma das razões que me fizeram decidir visitar a sra. Turton na hora do almoço.

Parei na porta e pigarreei.

— Ah — disse ela, animando-se um pouco. — Suzy. Pode entrar.

Ela trouxe uma segunda cadeira para a mesa e deu uma batidinha nela, convidando-me a sentar.

— Como você está? — perguntou, quando me acomodei.

Olhei para os sapatos dela. Eram botas de couro marrom, bem gastas, com franjas descendo atrás. Pareciam ao mesmo tempo práticas e aventureiras, o tipo de botas que realmente poderiam levar uma pessoa a algum lugar. Imaginei os corredores fora da sala como um deserto cheio de inimigos em trajes militares, e a sra. Turton correndo pela paisagem inóspita, em um esforço para salvar o mundo.

— Suzy, você é uma excelente aluna — disse ela —, mas estou preocupada. Conversei com alguns de seus professores do ano passado e parece que houve mudanças no seu comportamento este ano. Mudanças são normais. Todo mundo muda. Mas eu queria ter certeza de que você está bem. Você está?

Mantive os olhos nas botas dela e fiz que sim com a cabeça.

— Ótimo — ela falou, parecendo não estar muito convencida. — Isso é ótimo.

Houve uma longa pausa e então ela mudou de assunto.

— Você parece gostar muito de ciências. Estou certa?

Tentei refletir sobre isso. Eu gostava muito das coisas que ela nos mostrava, e gostava muito das coisas que eu encontrava na internet. Gostava do jeito como padrões se repetiam no universo, de como um sistema solar podia se assemelhar a um átomo, ou uma cadeia de montanhas vista do espaço podia parecer uma folha de samambaia coberta de geada. Gostava da ideia de que três bilhões de insetos voam sobre minha cabeça em um só mês no verão, ou de que um punhado de solo pode conter milhões de criaturas de milhares de espécies diferentes.

Essas coisas me faziam sentir que eu podia permanecer parada em um único lugar minha vida inteira e nunca ficar sem novidades para descobrir. Eu gostava que houvesse tantas coisas por aí afora, esperando para serem conhecidas.

Mas, às vezes, estudar ciências revelava outras realidades, mais assustadoras. Eu não gostava de pensar em predadores e presas, em um coelho sendo triturado nos dentes de uma raposa. Eu não gostava de ficar deitada na cama sabendo que, mesmo que pudéssemos arrumar um jeito de viajar à velocidade da luz, o que ninguém pode, não chegaríamos às fronteiras do universo por 46 bilhões de anos, que é o triplo do tempo que qualquer coisa já existiu. E, pior, o universo está se expandido tão rápido que, quando chegássemos às fronteiras do universo de hoje, ele já teria crescido tanto que nunca, jamais poderíamos alcançar seus limites.

Por mais que nos esforçássemos, estaríamos emperrados em um lugar intermediário, na verdade um lugar nenhum, para sempre.

Eu não gostava de estar em um pálido ponto azul, cercada de nada, um nada que se expandia em torno de nós, em todas as direções.

— Tenho algo que queria mostrar para você, Suzy — disse a sra. Turton.

Ela digitou em seu computador, virou o monitor para mim e abriu um vídeo.

— Eu vi isto ontem à noite. Talvez você goste.

Então clicou para iniciar a reprodução do vídeo, depois pegou alguns papéis e começou a corrigi-los. Eu gostei de ela ter me deixado assim, sozinha.

A princípio, o vídeo mostrava apenas um homem falando em um palco na frente de um grupo de pessoas. O homem tinha um leve ceceio ao falar e estava explicando a polinização, que ele descreveu como *o mecanismo de reprodução da natureza*.

De repente, na tela à minha frente, surgiu uma imagem em tempo acelerado de uma flor desabrochando. A flor tinha delicadas pétalas externas, que se abriram para revelar longas hastes com listras violeta.

Essa é uma das coisas boas das florações, pensei. *Podem ter muitos significados. As "florações", os blooms, de águas-vivas podem ser aterrorizantes. Mas algumas florações, como essa, são muito bonitas.*

Alguém apareceu à porta da sala da sra. Turton. Justin Maloney.

— Sra. Turton? — disse ele. E aí me viu. — Ah, oi, Sininho.

Eu estava tão ocupada assistindo ao vídeo à minha frente que nem me dei o trabalho de fazer uma careta para ele por ter me chamado de um apelido estranho.

A sra. Turton levantou os olhos de seus papéis.

— Ah, sr. Maloney. Completou sua bibliografia?

— Completei — ele respondeu, meio timidamente, e entregou um papel para ela.

Ela o examinou e aprovou com a cabeça.

— Obrigada. Vou acrescentá-la ao seu relatório. Mas, na próxima vez, espero que a entregue *junto* com o relatório. A bibliografia é parte essencial. Está bem?

Ele concordou e virou-se para sair, mas antes parou e perguntou:

— O que está vendo, Sininho?

— Shhh — fiz para ele. Aquele apelido outra vez. Sininho. Mantive os olhos fixos na tela do computador.

Uma abelha voou de uma flor em câmera lenta, como um avião decolando. Ela se juntou a um grupo de abelhas, cujas asas batiam juntas, como um milhão de batimentos cardíacos.

— Uau — disse Justin.

— Puxe uma cadeira, se quiser — convidou a sra. Turton. Eu franzi a testa. Mas Justin não notou, ou não se importou. Ele puxou uma cadeira.

Enquanto ele se sentava, a tela mostrava morcegos voando pelo deserto à noite. Seus esqueletos eram visíveis através das asas ao luar.

Justin assobiou.

— Sério, o que é isso? — ele quis saber.

Eu não sabia. Para mim, parecia que era sobre tudo o que há de bonito.

À nossa frente, na tela, havia agora um milhão de borboletas-monarcas, dançando em câmera lenta no céu. Toda aquela vibração, aquela cor, amarelo contra azul, o movimento de abre e fecha das asas... Achei que algo dentro de mim se partiu em dois.

Quando o vídeo terminou, Justin pediu:

— Ei, podemos voltar para aquela parte dos morcegos?

E voltamos.

— Eu queria que o mundo fosse assim o tempo todo — ele murmurou.

A sra. Turton levantou os olhos de seu trabalho.

— Ele é — disse ela.

Nós assistimos ao vídeo várias vezes, até o sinal tocar, indicando o final do almoço e a hora da aula de matemática.

Quando saímos para o corredor, Justin se virou para mim.

— Obrigado por me deixar ver com você, Sininho. Foi muito legal.

Era a terceira vez que ele me chamava assim. *Sininho*. Eu não sabia por que ele tinha inventado um apelido para mim, ou por que havia escolhido especificamente esse. Mas cheguei ao meu limite.

Parei e pus as mãos na cintura, com ar zangado.

— É a parte maior delas, não é? — ele perguntou. — Um sino?

Fiquei olhando para Justin. Ele mudou a mochila de um ombro para outro e sua boca se curvou em um sorriso muito hesitante.

E então eu percebi que ele estava falando de águas-vivas. O sino é a parte arredondada da água-viva que pulsa como um coração. É a única parte que se pode tocar sem ser picado.

— Nunca fui fã da Medusa — disse ele. — Todas aquelas cobras sinistras saindo do cabelo dela. — Ele fingiu um arrepio. — Mas Sininho é legal, você não acha?

Justin não vai me chamar de Medusa, pensei. *Ele está me dizendo isso*. Para um menino que tinha ficado de castigo recentemente por jogar dicionários pela janela da classe de inglês, talvez ele não fosse tão ruim assim.

Seguimos o resto do caminho para a classe de matemática em silêncio, mas era o melhor tipo de silêncio. Era o silêncio do tipo *não-falar*, o tipo que tão poucas pessoas pareciam compreender.

O pior tipo de silêncio

Depois da mensagem fracassada que tentei enviar a você, aquela que deixou suas coisas encharcadas de xixi, fico esperando o telefone tocar. Ele vai tocar, e não vai ser bom.

Não sei quem vai ligar. Talvez seja a diretora, talvez seja a sra. Hall, que não ajudou a segurar suas sacolas. Talvez seja sua mãe.

Sua mãe. Que deve ter lavado aquelas roupas molhadas e a abraçado enquanto você chorava.

Talvez não haja nenhum telefonema. Talvez seja como na televisão, em que eles já mandam direto a polícia e me levam para fora de casa algemada.

Não há nada a fazer além de esperar.

Quando minha mãe entra e pergunta: "Você quer sair para jantar? Para comemorar o fim do ano escolar?", eu penso: Mamãe, você vai ficar tão brava comigo.

Vou tentar explicar. Vou tentar ajudá-la a entender, mas já sei que não vou conseguir. Se você não entendeu, e se foi você mesma que pediu uma mensagem secreta, por que outra pessoa entenderia?

Nem eu entendo mais.

Silêncio de dois dias

Um dia de silêncio é tempo demais. Mas dois dias de silêncio é insuportável.

Provavelmente eles estão reunindo provas, *digo a mim mesma*.

Você deve saber que fui eu. Pode não ter entendido o que eu queria dizer, mas, de alguma maneira, tenho certeza de que você sabe que fui eu.

Então, onde está todo mundo?

O telefone não toca, a campainha não toca, e minha mãe fica sorrindo para mim como se estivesse tudo bem e tudo normal.

Seria tão melhor se pudéssemos simplesmente acabar logo com isso.

E depois mais silêncio

Só depois que quatro dias se passam é que eu começo a imaginar outras possibilidades.

Talvez você esteja esperando para falar comigo.

Talvez você esteja planejando sua própria mensagem.

Ou talvez você saiba, acima de tudo, que seu silêncio é a pior coisa de todas, a mais difícil.

É quando começo a entender que o telefone não vai tocar. Ninguém virá bater à nossa porta. Nem hoje, nem amanhã, nem depois.

Não sei o que vou dizer na próxima vez em que vir você.

Isso que eu fiz está suspenso entre nós. Está pairando ali, de forma silenciosa, como uma frase inacabada.

Eu não quero falar sobre isso

*E*u não quero falar sobre o que aconteceu na Igreja Episcopal Santa Maria Madalena, South Grove, Massachusetts, 67 dias depois do final do sexto ano, só quatro dias antes do início do sétimo.

Eu não quero falar sobre como estava quente e abafado, e como estava cheio de gente, e como minha mãe e eu chegamos lá cedo, mas já havia tantas pessoas que não conseguimos nos sentar. Não quero lembrar como foi a sensação de ficar de pé na entrada da igreja, tentando desesperadamente respirar, apesar daquele ar pesado, que mais parecia uma sopa, e de todas aquelas pessoas de pé, amontoadas.

Eu sussurrei para minha mãe: "Quem são todas essas pessoas?" E ela sussurrou de volta: "Funerais são diferentes no caso de crianças". Eu teria comentado que ela não havia exatamente respondido à minha pergunta, mas aí notei como sua boca estava triste, como todas aquelas linhas apertadas irradiavam dos cantos de seus lábios.

Então eu não quero falar sobre isso, como também não quero falar daquele órgão monótono que tocava tão devagar e tão tristemente que demorei quase a música inteira para reconhecer que estava tocando "Somewhere Over the Rainbow". Ou de como olhei para o programa em minhas mãos (De onde ele veio? Quem o entregou para mim, e quando?) e para aquela fotografia sua. Você estava de pé na praia, estreitando os olhos para a água, com a alça do maiô pressionando seu ombro sardento.

(Você estava com um corte de cabelo novo, logo abaixo da orelha, e eu pensei: Fofo. Mas então lembrei que fofo tinha sido a sua palavra, e meu estômago revirou um pouco.)

A legenda sob sua fotografia dizia: "ÚLTIMA FOTO. TIRADA EM 19 DE AGOSTO". Que, como todos então já sabíamos, foi o dia em que você morreu.

Parecia incrivelmente cruel pôr essa foto na capa do programa para todos verem.

Reconheci algumas pessoas, como os orientadores da escola, e a sra. Turton, que ainda nem tinha tido você na classe e agora nunca teria. Vi sua vizinha, a senhora cujo marido tinha morrido antes de nós nascermos e que às vezes nos deixava nadar na piscina dela. Fiquei surpresa de ver o meu próprio pai, quase irreconhecível em um terno escuro, de pé ao lado de Aaron e Rocco. Vi a diretora da escola, e sua tia-avó Lynda, que nós chamávamos de Pratelebunda, porque o traseiro dela era tão grande que parecia uma prateleira onde a gente poderia colocar um copo de leite.

E, mais perto de mim, vi duas meninas sentadas em um dos últimos bancos, com as costas curvadas, os cabelos presos em rabos de cavalo perfeitos. Aubrey e Molly. Seus ombros estavam sacudindo, e vi que estavam chorando.

Isto é algo que talvez você não saiba: que às vezes, em um funeral, o que uma pessoa sente é ódio. Estou lhe dizendo, eu odiei aquelas meninas naquela hora. Odiei que elas estivessem sentadas em um banco, que não tivessem que sentir cabelos crespos fazendo cócegas na nuca. Odiei que estivessem ali. Mas, acima de tudo, odiei que elas estivessem chorando, odiei que se sentissem próximas o suficiente de você para chorar, quando tudo que eu podia fazer era ficar de pé ali, paralisada, com o estômago enjoado. Era como se as lágrimas delas, e a minha falta de lágrimas, fossem uma prova: prova de que você estava certa quando me deixou, de que eu nunca havia merecido você, afinal.

Não, eu não quero falar sobre nada disso. Não agora, nem nunca. Mas eu vou contar três coisas.

Primeira: Aquela igreja palpitava. Todos ali estavam tentando com muito empenho ficar quietos e sentar de costas retas. Mas a questão é que não conseguiam. Eles agitavam seus programas como leques, esfregavam os olhos, suas costas subiam e desciam interminavelmente e às vezes sacudiam. Todo o lugar estava cheio de inquietação, suspiros e choros, e a agitação era tanta que até atordoava. Exceto, depois eu percebi, por uma caixa na frente da igreja, que estava absolutamente imóvel.

E você estava dentro daquela caixa: perfeita e quieta e com doze anos para todo o sempre.

Segunda: Dois passarinhos dançavam perto das vigas do teto. Eu juro, fui a única pessoa naquela igreja que viu. Todos os outros olhavam para a frente, para baixo, recostavam-se uns nos outros. Mas, se tivessem olhado para cima, teriam visto os amplos mergulhos e as batidas de asas dos pássaros escuros.

Última: Depois que acabou, depois que os homens levaram sua caixa embora e sua mãe saiu cambaleando atrás dela com olhos desvairados, e depois que eu fiquei do lado de fora e vi todos aqueles estranhos/ não estranhos saírem em fila do prédio, a única coisa que eu queria fazer era gritar. E o que eu queria gritar era isto: "Eu odeio vocês. Eu odeio todos vocês". Eu não odiava apenas as outras meninas por estarem tristes, por acreditar que a dor de alguma forma pertencia a elas, quando você nunca foi delas, para começar. Eu também odiava os adultos, por não tentarem consertar a situação, por não darem um jeito de melhorar aquilo tudo. Eu odiava todos eles por terem simplesmente desistido.

Essa era a questão. Todos os outros tinham simplesmente desistido.

Mas eu não. Não quando dei um abraço de "oi" e de "tchau" em meu pai, e não quando Rocco e Aaron vieram até mim, e Aaron me abraçou por um longo, longo tempo, e não quando minha mãe e eu caminhamos em silêncio até o carro. Não quando eu vi o painel sujo de pó e o espelho retrovisor com o alerta de que os objetos estão mais perto do que parecem.

Tudo estava supostamente encerrado, e supostamente deveríamos levar a vida em frente.

Mas eu tinha uma certeza: eu não aceitaria isso que havia acontecido como todos aqueles outros faziam.

As coisas estão mais perto do que parecem

— Zu. — Ouvi a voz da minha mãe como se ela viesse de outra terra, totalmente diferente. Então a mão dela estava em meu ombro e, por um momento, ela estava inexplicavelmente ao meu lado enquanto eu me movia pela água.

Abri os olhos e me localizei.

Meu quarto.

Sonhando. Eu estava sonhando, e Jamie estava lá.

— Zu, o que ainda está fazendo na cama? Já faz quarenta minutos que eu te chamei!

Pisquei. Mamãe estava com sua roupa de trabalho, mas com os cabelos despenteados.

Ela arrancou minhas cobertas, e eu me enrolei como uma bola. Não queria fazer nada, a não ser voltar ao sonho que estava tendo.

— Vamos, Zu — mamãe insistiu. — Você sabia que eu não ia ter tempo de te levar para a escola hoje. Achei que já estivesse quase pronta...

Gemi e me sentei.

— *Cabelos. Dentes. Rápido* — disse ela.

Enquanto eu me arrumava, tentei me lembrar de tudo que pude sobre o sonho.

Eu estava na água quando mamãe me acordou. Estava olhando para o laboratório de Jamie. Seu laboratório era totalmente branco e ficava sobre a superfície. Não um prédio à margem da água, como o aquário. Ele flutuava mesmo na água, cercado de todos os lados por um claro mar azul.

Eu tinha que nadar para chegar até Jamie. Ele sorriu para mim como se me conhecesse e compreendesse por que eu estava ali. Era como se ele me dissesse: "Vai vir ou não?"

Eu sabia que a água em volta do laboratório de Jamie estava cheia de irukandjis. Não sei como eu sabia disso, mas sabia.

No entanto, mesmo assim, eu entrei na água e comecei a nadar em direção a ele.

Quando cheguei perto, ele estendeu a mão. Foi quando eu vi uma irukandji, a milímetros da minha pele.

Eu estava prestes a segurar a mão de Jamie e prestes a ser picada. Ambos ao mesmo tempo. Eu não sabia o que aconteceria primeiro.

Estava quase entendendo algo naquele momento. Algo importante. Ouvi uma gaveta sendo aberta na cozinha e o som de talheres.

— Venha, Zu! — mamãe chamou da cozinha.

Era difícil pensar com ela fazendo todo aquele barulho. *O que havia de tão importante naquele sonho?*

Quando cheguei à cozinha, mamãe estava passando manteiga em uma torrada.

— Você vai ter que comer no ônibus — disse. Notei que ela usava dois sapatos totalmente diferentes um do outro.

Apontei para seus pés, e ela levou um momento para registrar o que eu estava querendo dizer.

— Ah, caramba. — Ela quase jogou a torrada para mim. — Pegue aqui — disse, olhando para o relógio enquanto corria de volta para o quarto. Eu a ouvi remexendo no armário até que ela surgiu de novo, segurando outro par de sapatos. — Pegou seus livros?

Confirmei com a cabeça.

Mamãe me pôs para fora de casa e saiu atrás de mim. Correu para o carro descalça, ainda com os sapatos na mão. Enquanto dava ré para a rua, ela abriu a janela.

— Tenha um bom dia! — gritou. O ônibus escolar já se aproximava em minha direção.

Eu detestava ter que ir para a escola. Detestava estar presa ali: no sétimo ano, em South Grove, nessa posição de nunca ser capaz de desfazer nada.

Foi então que entendi: o que quer que estivesse para acontecer em seguida naquele sonho — alcançar Jamie ou ser picada — era melhor do que não fazer nada. Não fazer nada era a pior parte. A espera, o não saber, o ter medo. Isso era pior do que qualquer outra coisa que pudesse acontecer.

Pior, até, do que ser picada.

Talvez não seja tanta loucura assim, percebi. *Talvez eu deva ir ver Jamie.*

Por que não, afinal?

Bridget Brown

Um verão, uns dois anos atrás, três crianças entraram em um avião em Jacksonville, na Flórida. Elas voaram até Nashville, Tennessee. Não estavam com nenhum adulto.

Apareceu em todos os noticiários quando aconteceu. Eu vi no *Good Morning, America*. Bridget Brown, uma menina de quinze anos, tinha economizado setecentos dólares trabalhando como babá. Ela perguntou ao irmão, Cody, que tinha onze anos, e ao vizinho deles, Bobby, de treze, para onde eles queriam ir. Bobby sugeriu Nashville. Ele queria conhecer Dollywood, um grande parque temático com montanhas-russas e um trem a vapor.

Bridget Brown, Cody e Bobby pegaram um táxi até o aeroporto. Eles compraram passagens no balcão e viajaram até Nashville, que fica a 806 quilômetros de Jacksonville, o que corresponde a 806 mil metros, ou 80,6 milhões de centímetros. Ninguém lhes pediu identificação. Ninguém os parou.

Na verdade, o homem que lhes deu as passagens até avisou que era melhor que eles corressem para não perderem o voo.

Se os garotos tivessem pesquisado, se tivessem feito algum planejamento que fosse, teriam voado para Knoxville em vez de Nashville. Isso porque Dollywood fica a apenas 61 quilômetros de Knoxville, mas a 320 quilômetros de Nashville.

Depois que o avião pousou, eles não tinham dinheiro suficiente para ir ao parque.

Eu os imagino de pé no aeroporto, contando o dinheiro e tentando não chamar atenção. Penso em quanto tempo eles devem ter ficado no aeroporto, tentando decidir o que fazer.

Por fim, acabaram ligando para os pais e voltando para casa.

Este foi o problema com Bridget Brown, a garota de quinze anos: ela não soube planejar. Se ela tivesse olhado um mapa, contado o dinheiro, pesquisado as tarifas médias de táxi e as condições de estradas e tráfego, eles teriam conseguido.

Eles teriam chegado a Dollywood.

Há outros casos documentados de crianças que voaram sozinhas, muitos deles parecidos com esse. Mas isto é o que eu lembrava sobre a história de Bridget Brown: ela não violou nenhuma regra. O que ela fez foi perfeitamente legal.

Crianças acima de doze anos podem viajar de avião sozinhas.

Eu pesquisei para ter certeza, e era verdade. Bastava ler qualquer artigo sobre Bridget Brown. Há sempre uma frase que diz algo como: "Os regulamentos das companhias aéreas afirmam claramente que passageiros a partir de doze anos podem viajar sem supervisão de adultos, desde que tenham um cartão de embarque válido".

O que significa que se pode ir a qualquer lugar. Só é preciso ter um bom plano, um destino, dinheiro para chegar até lá e muita coragem.

É possível simplesmente entrar em um avião e sumir.

Data-limite

Naquele dia na escola, cartazes começaram a aparecer nos corredores.

> **Baile de Inverno**
> 10 de fevereiro
> Vote em seu tema preferido.
> Os temas são:
> Meia-noite em Paris • Paraíso tropical •
> Heróis e vilões • Uma noite em Hollywood
> Você pode votar na secretaria.
> Um voto por aluno

Ah, não, pensei. Um baile na escola.

Eu já podia imaginar o que minha mãe diria se soubesse desse baile. "Vá", ela diria. "Você tem que ir, vai ser divertido."

Olhei para o cartaz outra vez e vi a data: 10 de fevereiro. Não estava tão longe.

Foi então que decidi três coisas:

1. Eu não votaria em um tema.
2. Eu não iria ao baile.
3. Eu estaria fora do país em 10 de fevereiro.

E estava convicta. Eu realmente faria isso. Eu daria um jeito de chegar à Austrália.

E tinha uma data-limite.

Calma instantânea

Foi engraçado como eu me senti melhor depois que tomei a decisão de ir para a Austrália. Era como se uma calma instantânea, um alívio súbito, descesse sobre mim. Nada havia mudado, no entanto tudo estava diferente.

Eu tinha um plano. Eu ia embora.

Eu sentia como se alguém tivesse aberto uma fresta na porta, permitindo que um único raio de luz se infiltrasse. Só o fato de saber que havia luz do outro lado já tornava mais fácil estar em volta de todas aquelas pessoas que me chamavam de Medusa e conversavam sobre bailes de escola.

Tudo o que eu tinha a fazer era me organizar: arrumar o dinheiro de que eu precisava, comprar uma passagem, chegar até Jamie. Então tudo seria diferente. Alguém me compreenderia.

**

Continuei almoçando na sala da sra. Turton todos os dias. Justin muitas vezes vinha almoçar comigo.

— Melhor aqui do que no refeitório — ele disse uma vez, e essa foi a única explicação que deu para estar ali.

A sra. Turton parecia não se importar que Justin derrubasse migalhas de biscoito por todo o chão ou que eu raramente respondesse a alguém com mais do que um dar de ombros. Se Justin me chamava de Sininho, ela nunca interrompia para perguntar por quê; ela nos deixava à vontade.

Era como se ela confiasse em nós. Como se confiasse que, se nos desse esse espaço, ficaríamos bem.

Ela sempre tinha algo interessante para nos mostrar. Por exemplo, um livro que achava que gostaríamos de ver: uma coleção de fotografias do fundo do mar, ou um volume cheio de imagens de um microscópio tão potente que um único cabelo humano parecia uma sequoia se erguendo da terra. Um dia, ela nos mostrou um vídeo em que um cientista descrevia o que ele chamou de "o fato mais impressionante do mundo": que todas as coisas vivas são compostas dos átomos de estrelas que morreram. As próprias estrelas estavam dentro de nós.

Nós éramos feitos de pó de estrelas.

E isso me fez lembrar do que a sra. Turton havia nos dito: que todos nós andávamos por aí com pedaços de Shakespeare em nosso interior.

Sarah Johnston bateu na porta.

— A sra. Hall me pediu para trazer isto — disse ela, entregando um papel para a sra. Turton. Então notou que Justin e eu estávamos ali. — Desculpem — murmurou.

A sra. Turton pegou o papel.

— Obrigada, Sarah. — E sorriu.

Sarah virou-se para sair, mas parou ao chegar à porta.

— *Sim* — o astrônomo estava dizendo. — *Sim, nós somos uma parte deste universo, nós estamos neste universo, mas talvez mais importante do que esses dois fatos é que o universo está em nós.*

Em vez de sair, Sarah ficou espiando o computador sobre nossos ombros. A sra. Turton percebeu.

— Sente-se, Sarah. Junte-se a nós.

A garota deu uma olhada para mim e para Justin, e eu tive a sensação de que ela queria ficar.

Franzi a testa. Sarah deve ter notado.

— Ah, não, obrigada — ela respondeu e saiu da sala.

Ótimo, pensei. *A última coisa que preciso é de mais uma pessoa se enfiando em minha vida logo agora.* Especialmente agora, quando eu estava prestes a partir.

Como planejar uma fuga

Quando se deseja viajar para Cairns, na Austrália, próximo da Grande Barreira de Corais, para encontrar a resposta a uma pergunta que ninguém mais fez, é preciso muito dinheiro.

A passagem custaria mais de mil dólares, só de ida. Eu precisava de um cartão de crédito para comprá-la.

Eu não tinha um cartão de crédito. Mas meu pai e minha mãe tinham. Na verdade, meu pai pagava nossos jantares no Ming Palace todos os sábados com um cartão de crédito azul brilhante.

Acontecia do mesmo jeito todas as semanas. Havia uma espécie de ritmo nessas noites: o macarrão frito, as bebidas, a sopa. O ruído de comida fritando e o letreiro de neon piscando na janela: "COMIDA CHINESA, ABERTO". Aí, depois do jantar, o jeito como a garçonete nos deixava a conta. Então papai colocava seu cartão de crédito sobre a mesa antes de se levantar para lavar o mu shu das mãos.

Todos os jantares no Ming Palace eram assim, todas as vezes. Era quase como ondas lambendo uma praia. As pessoas podiam notar ou não.

Eu notava.

* * *

Depois de algumas semanas prestando atenção, eu peguei o cartão de crédito quando papai saiu da mesa. Fiquei com ele na mão e contei os segundos até que a garçonete voltasse.

Um, dois, três, quatro... até 41.

Experimentei de novo nas semanas seguintes. Às vezes eu tinha um tempo até maior sozinha com o cartão: 91 segundos, 83 segundos, 123 segundos.

Uma noite em dezembro, eu trouxe um pequeno papel cor-de-rosa retangular comigo. Quando papai saiu da mesa, comecei a anotar tudo que via no cartão de crédito.

Na semana seguinte, trouxe o papel cor-de-rosa outra vez.

Precisei de quatro jantares diferentes — todo o tempo até o fim do ano — para anotar todas as informações. Eu copiei tudo, todos os números e letras do cartão de crédito dele. Anotei as palavras que havia no canto superior esquerdo: *Chase* e *Freedom*. "Perseguir" e "Liberdade", em inglês. Pensei que isso talvez fosse o que minha professora chamaria de oximoro, porque não se pode ter verdadeiramente liberdade se alguém o estiver perseguindo.

Por outro lado, talvez não fosse um oximoro. Talvez o que eu estivesse fazendo fosse de fato perseguindo algum tipo de liberdade.

Copiei tudo mesmo: as quatro figuras trapezoides que se juntavam formando uma espécie de círculo, que era o logotipo do cartão de crédito Chase Freedom. A palavra "Visa", embaixo. A data de validade e o jeito exato como o nome dele aparecia no cartão: JAMES P. SWANSON.

Anotei tudo que estava no verso também, incluindo as coisas que não pareciam importantes. O aviso de que "o uso deste cartão está sujeito ao contrato de adesão", o número de atendimento ao cliente 24 horas. Até desenhei a águia brilhante que aparecia e desaparecia, dependendo do modo como eu segurava o cartão. Não deixei nada de fora.

O papel cor-de-rosa estava sempre de volta ao meu bolso quando papai retornava para a mesa.

Então, em janeiro, eu tinha tudo. Meu papel cor-de-rosa era uma réplica perfeita do cartão de plástico azul brilhante do meu pai.

Quando voltei para casa naquela noite, enfiei o papel cor-de-rosa no fundo de minha gaveta de meias.

Eu não fiquei pensando se estava fazendo a coisa certa ou a coisa errada. Meu pai mais tarde entenderia. Depois que eu provasse o que precisava, depois que tivesse tido a chance de explicar, ele entenderia.

Sobras de dinheiro

Havia outra coisa de que eu precisava para viajar para o estado de Queensland, na Austrália, próximo à Grande Barreira de Corais.
Eu precisava de dinheiro. O cartão de crédito do meu pai não seria suficiente. Eu precisava de dinheiro para pagar táxis e para comer. E achei que talvez fosse melhor pagar o hotel com dinheiro também. Assim ficaria um pouco mais difícil para os meus pais me localizarem.
Eu não queria que ninguém me encontrasse até conseguir a resposta de que precisava.
Havia algumas maneiras de obter dinheiro. Primeiro, eu quebrei meu cofre em forma de porquinho. Durante anos eu vinha colocando dinheiro ali: troco que eu encontrava pela casa, ou os cinco dólares semanais que eu recebia quando mamãe se lembrava de me dar ou eu me lembrava de pedir.
Outras meninas gastam seu dinheiro no shopping, ou no cinema com amigos. Mas eu não gosto de shopping e não tenho nenhum amigo para ir ao cinema.
Contei cada nota de cinco dólares, cada uma das notas amarfanhadas, cada moeda. Fiquei surpresa ao descobrir que já tinha economizado 283,62 dólares. Era muito dinheiro, mas não o suficiente.
Eu precisava de mais, então me voltei para minha mãe.
A cada semana, eu pegava um pouco de dinheiro da carteira dela. Nunca muito: se ela tivesse quarenta dólares na carteira, talvez eu ti-

rasse quatro ou cinco. Se ela tivesse vinte dólares, eu pegava três ou quatro. Outra mãe talvez tivesse um controle melhor de seu dinheiro, mas não a minha. Minha mãe era tão atrapalhada que mal conseguia chegar na hora às suas visitas a imóveis agendadas, e estava sempre remexendo prateleiras e armários em busca de algo que não conseguia encontrar.

Minha mãe nunca mantinha um controle muito preciso de nada.

Ela ainda me dava dinheiro para o leite e um lanche na cantina da escola todos os dias, embora eu agora passasse todo o período do almoço na sala da sra. Turton.

Somando tudo isso — o dinheiro do almoço, o dinheiro tirado da carteira dela, as notas e moedas soltas pela casa —, eu poderia conseguir mais uns 250 dólares, dependendo de quando eu fosse embora.

No total, eu esperava juntar quinhentos dólares em dinheiro. Assim teria o suficiente para o táxi, algumas refeições e talvez algumas noites em um hotel não muito bom.

Era difícil saber o que aconteceria depois disso. Eu achava que meus pais me ajudariam quando descobrissem onde eu estava. Mas não tinha certeza. Talvez eles ficassem tão bravos que decidissem simplesmente me deixar lá para encontrar um jeito de voltar para casa sozinha. Eu realmente não podia imaginar o que eles fariam.

A verdade é que, sempre que eu começava a pensar muito para a frente no tempo, desistia de continuar pensando.

Pus o dinheiro em um grande envelope e fiquei vendo o envelope crescer.

Pegar o dinheiro da bolsa da minha mãe às vezes parecia tão ruim que meu estômago doía e eu precisava me deitar. Eu dizia a mim mesma que estava agindo certo. Afinal, foi minha mãe quem me disse que *às vezes as coisas simplesmente acontecem*. Foi ela a primeira a não entender.

Talvez se ela tivesse conseguido me mostrar que o mundo ainda fazia sentido de alguma maneira, que ainda havia algum tipo de ordem nas coisas... talvez eu nem estivesse fazendo isso.

Mas não foi isso que ela fez. Ela deu de ombros e disse: "Às vezes as coisas simplesmente acontecem", e esperou que essa resposta, de alguma forma, bastasse.

Então eu não tinha exatamente uma escolha quanto a pegar o dinheiro dela.

Eu não queria ser como aquela garota de quinze anos, Bridget Brown.

Eu queria estar preparada.

Adeus, Thor

No dia da dissecação da minhoca, Justin e eu nos sentamos no laboratório de ciências, olhando para a bandeja à nossa frente. Havia alguns bisturis e um punhado de alfinetes com cabeças plásticas coloridas. E também uma lupa e uma pequena vasilha de líquido esterilizador.

No meio das ferramentas, uma minhoca morta esperava dentro de um pote de vidro.

Olhei fixamente para ela, e Justin me observou.

— Você vai precisar que eu faça a parte do corte, né? — ele perguntou.

Concordei com a cabeça.

— Não se preocupe, Sininho. — Ele bateu de leve no meu braço. — Eu cuido disso.

Ele pegou a minhoca morta com uma pinça e a colocou na mesa à nossa frente. Parecia uma minhoca como outra qualquer, só que aquela estava ali parada, como um pedaço mole de barbante.

Lembrei-me do camundongo de Angel Yanagihara. E do sapo que Dylan jogou na árvore no ano passado. O cheiro de conservante enchia minhas narinas.

Justin pegou um bisturi e o encostou de leve na minhoca.

E então hesitou.

— Quer saber? Acho que devíamos dar um nome para o nosso coleguinha aqui — disse ele. — Para que ele tenha alguma dignidade.

Gostei da ideia e sorri.

— Que tal Moe? — ele sugeriu, e eu fiz uma careta. — João Come-Chão? — Sacudi a cabeça. — Thor?

Thor. Um grande nome para um carinha tão pequeno. Eu sorri, só um pouquinho. Mas foi suficiente.

— Oh, poderoso Thor — disse Justin, olhando para a minhoca. — Você pode ser pequeno em tamanho, mas sua pequena vida sem pernas é uma grande dádiva para o nosso entendimento do método científico. E também para as nossas chances de passar de ano.

Justin continuou falando enquanto fazia um corte preciso no meio da minhoca.

— Ei, por falar em nomes, Sininho não é o nome de uma fadinha em um desenho?

— Peter — falei.

Ele levantou os olhos com expressão de surpresa. Depois sorriu de orelha a orelha.

Não sei o que me fez decidir falar com Justin. Talvez fosse o fato de que ele não precisava que eu falasse, de que ele estava totalmente à vontade mantendo a conversa sozinho. Talvez fosse porque eu não tinha mais nada a perder. Em poucos dias, não estaria mais ali.

— Ora, ora, ora — disse ele. — Então ela fala.

— Eu posso falar. Quando tem algo para dizer. E é Peter.

— Peter?

— Pan. É a fadinha do Peter Pan.

— Ah. — Ele pensou por um momento. — Então eu sou o Peter Pan?

Encolhi os ombros.

— Peter Pan era um cara meio desajustado, né? — ele perguntou.

Sacudi a cabeça.

— Ele era legal. A única coisa era que as pessoas não o entendiam, só isso.

— Hum. Então parece bom.

Justin afastou cuidadosamente a pele nas laterais da minhoca para revelar a moela cinzenta, os órgãos reprodutores brilhantes, como feijões brancos em miniatura recém-saídos da lata. Eu tomava notas enquanto ele movia as partes da minhoca.

Bem no meio da dissecação, o cronômetro de Justin apitou e ele teve que largar o bisturi. Ele pôs a mão no bolso e tirou seu comprimido.

Eu estendi a mão, com a palma aberta.

Ele hesitou.

— Hã, eu acho que você não devia tomar isto, Sininho — disse.

Fiz uma careta para ele. É claro que eu não ia tomar aquela porcaria de remédio. Então ele passou o comprimido para mim.

Eu o virei na mão. De um lado, havia um hexágono com um traço saindo de uma das pontas. Parecia um seis ou um nove, ou talvez um caramujo em linhas geométricas. Eu lhe devolvi o comprimido.

— Qual é a diferença? — perguntei.

— Que diferença?

— Antes de você tomar e depois.

— Ah. — Ele franziu a testa. — Bom... antes de eu tomar — ele começou devagar — é como se tudo entrasse de uma vez, tão depressa que eu não consigo prestar atenção em quase nada.

— Tudo o quê?

— Tudo. Todas as coisas. — Ele olhou em volta. — Como o som do relógio, as cores das roupas das pessoas, as listas que eu faço na minha cabeça, e todas as conversas, e a lição de casa que eu esqueci de fazer, e o banco duro, e que a próxima aula é educação física e talvez a gente jogue vôlei, mas talvez brinque de estátua, e o fato de que o meu braço coça e está chovendo, tudo isso. Tudo entra meio que misturado. E é alto também. Todos esses pensamentos são tão altos que eu não consigo entender direito nenhum deles. Mas aí eu tomo o remédio e, mesmo não me *sentindo* diferente, é como se o mundo em volta de mim tivesse mudado.

Ele mordeu o lábio e tentou explicar mais.

— Tudo fica menos... confuso. Como se aparecesse um espaço entre todas aquelas coisas. Sei lá, fica menos barulhento.

Ele sacudiu a cabeça.

— Não sei, é difícil descrever.

Então ele olhou para o comprimido em sua mão.

— Saúde — disse, jogou o comprimido na boca e engoliu.

— Como uma orquestra — falei baixinho.

— Hã?

— Como a diferença entre ouvir sons aleatórios e ouvir uma orquestra — eu disse.

— É — ele respondeu, como se estivesse pensando em voz alta. Eu percebi em sua voz que ele estava surpreso. — É, é exatamente isso.

Quando levantei a cabeça, ele estava olhando para mim com uma espécie de admiração. Isso me deixou constrangida, então falei apenas:

— Vamos acabar logo.

E, na verdade, terminar a dissecação não foi muito ruim. Foi mais interessante do que horrível.

Antes que a aula terminasse, Justin falou com Thor mais uma vez:

— Obrigado, poderoso Thor, por nos mostrar seus receptáculos seminais. Descanse em paz agora.

Como dizer adeus

No início de fevereiro, apenas uma semana antes do baile, fui ao consultório da dra. Pernas outra vez.

— Alguma coisa que você tenha vontade de conversar hoje, Suzanne?

Sacudi a cabeça.

Ficamos sentadas em silêncio por um longo tempo. Na minha mente, eu revisava a lista de todas as coisas de que precisaria para a minha viagem.

Já estava com quase tudo em ordem: um envelope de dinheiro, os números de telefone de dois serviços de táxi diferentes — a Cairns Cab Company e o serviço de vans Coral Sea Coach.

Na noite anterior, eu tinha feito pela internet a reserva de duas noites no Tropicana Lodge, o hotel mais barato que encontrei.

Eu vinha acompanhando as taxas de câmbio e as previsões do tempo (era verão do outro lado do mundo, com dias longos e quentes). Tinha olhado mapas de ruas e endereços de lavanderias, para o caso de eu ficar mais tempo e acabarem as roupas limpas.

Tinha decorado expressões australianas e aprendido que *blue* é uma briga, *to make a blue* é cometer um erro, e *bluey* podia significar "cachorro", "jaqueta", "equipamento", "ruivo" ou a água-viva "caravela-portuguesa".

Eu sabia como chegar do aeroporto ao hotel e como ir do hotel até o escritório de Jamie.

Tinha planejado tanto que podia imaginar a cena inteira.

Quer dizer, eu podia me ver lá, desde o momento em que descesse do avião no quente verão australiano. Podia me imaginar apertando a mão de Jamie, caminhando com ele até a praia. Podia me imaginar telefonando para meus pais para lhes contar o que eu havia descoberto.

Só o que eu não conseguia imaginar era a hora de sair de casa.

Dei uma espiada na dra. Pernas, que estava fazendo aquilo que ela sempre faz: olhando para o nada, com as mãos cruzadas no colo.

— Tenho uma pergunta — falei. A essa altura, tão perto de ir embora, o que eu tinha a perder fazendo uma única pergunta?

Ela pareceu se assustar por eu ter dito alguma coisa, mas se recuperou rapidamente. Olhou para mim e sorriu.

— Vou ficar feliz em responder, Suzanne.

— Como...

Hesitei. Eu queria saber como poderia fazer aquilo, como poderia fazer aquela viagem. Como seria capaz de sair de casa, entrar naquele avião, deixar para trás todos que eu conhecia, sem magoá-los.

Tentei de novo.

— Como...

Sacudi a cabeça. Era muito difícil de explicar.

— Pode perguntar, Suzanne — disse a dra. Pernas. — Seja o que for, está tudo bem.

— Como... a gente diz adeus?

Não era exatamente a pergunta certa, mas talvez fosse próxima o bastante.

— Ah, Suzanne. — A dra. Pernas olhou para mim por um longo tempo, e seu rosto amoleceu. Juro que achei que ela fosse chorar, pelo jeito como me olhava. — Você está pronta para dizer adeus?

Dei de ombros.

— Faz... o quê? Uns seis meses?

Seis meses desde o quê? Do que ela estava falando?

E então eu entendi. *Ah. Aquilo.*

Ela apertou os lábios e sacudiu a cabeça, sem tirar aqueles olhos doces de mim.

— Dizer adeus é importante — disse ela. — É o que nos permite começar a viver outra vez.

Eu me mexi na cadeira. Ela não estava exatamente me dando instruções.

— Não existem palavras mágicas — disse a dra. Pernas. — Não há uma única maneira certa de dizer adeus a alguém que você ama. O mais importante é que você mantenha alguma parte dela dentro de você.

Tentei me imaginar levando alguma parte de minha família comigo. Tudo que me vinha à mente eram versões em miniatura de minha mãe, meu pai, Aaron e Rocco, como bonequinhos muito pequenos que eu pudesse colocar no bolso.

— No fim, Suzanne — a dra. Pernas continuou —, é um presente passarmos tempo com pessoas de quem gostamos. Mesmo que seja imperfeito. Mesmo que esse tempo não termine quando ou como esperávamos. Mesmo quando essa pessoa nos deixa.

Mesmo quando essa pessoa nos deixa. Mas, é claro, era eu que os estava deixando. Imaginei minha mãe chegando em casa, encontrando-a vazia. Meu pai esperando por mim no Ming Palace, bebendo seu Rolling Rock. Talvez isso fosse um alívio para todos eles. Teriam uma folga de todo aquele meu não-falar. Pelo menos por um tempo, eles não teriam a mim por perto, sufocando tudo com meu silêncio.

A dra. Pernas estreitou os olhos e inclinou a cabeça.

— Isso faz sentido para você, Suzanne?

Na verdade, eu não sabia mais o que fazia sentido.

A dra. Pernas continuava olhando para mim, o que me deixou incomodada. Então eu disse:

— É, acho que sim.

— Estou muito orgulhosa de você, Suzanne — disse ela. — Você chegou muito longe.

"Eu não cheguei a lugar nenhum", tive vontade de dizer. "Não cheguei a absolutamente lugar nenhum."

Mas isso estava prestes a mudar.

Adeus, Ming Palace

No último sábado antes da minha viagem, meu pai e eu nos sentamos à mesa com os bancos de vinil cor-de-rosa do Ming Palace, como sempre fazíamos.

Eu não era como Bridget Brown. Tinha feito minhas pesquisas. E tinha aprendido quatro coisas:

1. Terça-feira, por volta das três da tarde, era o melhor horário para encontrar passagens a preços mais acessíveis em voos internacionais.
2. Voos que saem às quartas ou quintas tendem a ser mais baratos do que os que saem mais perto dos fins de semana.
3. Por acaso, minha mãe tinha uma visita agendada para mostrar uma casa bem cedo na manhã da próxima quinta-feira.
4. No momento em que eu comprasse meu voo, ele apareceria no extrato do cartão de crédito do meu pai. E, como eu não sabia quando ele recebia os extratos, precisava ter cuidado. Eu tinha que comprar a passagem o mais perto possível da data de embarque.

Tudo isso significava que eu precisava comprar a passagem *nesta* terça-feira, às três horas da tarde. Eu partiria na quinta de manhã.

Estaria na Austrália na sexta à noite, enquanto meus colegas de classe estivessem chegando ao baile Heróis e Vilões.

A esta altura, eu já tinha estado em 21 jantares no Ming Palace desde que comecei meu *não-falar*, o que, considerando mais ou menos uma hora para cada jantar, daria aproximadamente 350 mil picadas de água-viva.

E, a esta hora, na próxima semana, eu estaria do outro lado do mundo.

Eu estava começando a imaginar se teria restaurante chinês na Austrália, quando papai falou comigo:

— Ei, eu li uma coisa hoje que talvez interesse a você.

Naqueles dias, papai falava comigo do mesmo jeito que Rocco citava escritores mortos: para o ar, como se não importasse se alguém estava ouvindo ou não.

Mergulhei um punhado de macarrão frito na pequena vasilha branca cheia de molho agridoce.

— Parece que tem um lugar mais ou menos perto daqui onde existem trilhas de dinossauros de verdade — papai continuou. — Centenas e centenas de pegadas. Um cara dirigindo uma escavadeira descobriu por acaso, e eles construíram um museu inteiro em volta.

Ele enfiou um macarrão crocante na boca.

— Eu pensei que talvez você e eu pudéssemos ir lá qualquer dia desses.

Não durante os próximos dias, pensei, sentindo uma pequena onda de náusea.

A garçonete trouxe nossas bebidas. O gelo em meu Shirley Temple tilintou contra o vidro.

— Parece muito legal — papai disse. Ele fez um gesto de agradecimento para a garçonete e se serviu de sua cerveja. — Nós poderíamos andar pelo mesmo lugar onde os dinossauros andaram. Dizem que eles estiveram por todo este vale.

Pensei nisso, refleti sobre a ideia de que dinossauros, dinossauros de verdade, andaram por perto de onde eu estava sentada agora, em um restaurante chinês, bebendo Shirley Temple, dezenas de milhões de anos depois.

Comemos. Observei os peixes no tanque. Aqueles pobres peixes nem sabiam que existia algo como um tanque de água do mar gigantesco no aquário municipal, quanto mais um oceano inteiro. Eles provavelmente achavam que aquele pequeno tanque de vidro era o mundo todo.

Quando a garçonete trouxe nossos biscoitos da sorte no final da refeição, o meu estava em branco. Havia os números da sorte de um lado, como sempre, e a mensagem "APRENDA CHINÊS" me dizia que inverno em chinês é *dong tian*.

Mas, do outro lado, onde deveria estar escrita a mensagem da sorte, havia apenas o desenho de uma rosa. Fora isso, estava inteiramente em branco.

Eu peguei o papel do meu pai para olhar a sorte dele. Dizia: "UMA VIAGEM LONGA E TRANQUILA! GRANDES EXPECTATIVAS".

Franzi a testa, porque realmente parecia que aquele papelzinho deveria ser o meu.

* * *

A caminho de casa, ouvimos o noticiário. Havia incêndios florestais a oeste, deslizamentos de terra do outro lado do mundo. Médicos haviam passado catorze horas removendo um tumor que pesava mais do que a menininha em cujo corpo ele estava crescendo. Tentei imaginar isso, um caroço do tamanho de uma criança dentro de uma criança, mas só consegui imaginar um balão gigante levando-a embora.

E então ouvi o locutor dizer um nome que eu reconheci: Diana Nyad.

— ... *está fazendo os preparativos finais para sua quinta tentativa de nadar de Cuba até a Flórida sem uma gaiola de proteção contra tubarões* — disse ele. — *Suas tentativas anteriores foram frustradas por águas-...*

Papai fez uma manobra rápida para desviar de um carro que entrou na sua frente na pista.

— Beleza, colega — ele murmurou para o outro motorista. — Só tem você na rua.

— Shhhh — eu fiz e aumentei o volume do rádio.

— *Nyad, de sessenta e quatro anos, espera que essa missão, a sua quinta, finalmente lhe permita declarar vitória sobre as águas-vivas.*

E então o noticiário mudou para outra reportagem e meu pai deu uma olhada para mim, com as mãos no volante.

— Você está acompanhando essa história? — Ele parecia surpreso.

Dei de ombros e olhei pela janela, para as árvores sem folhas. Diana Nyad podia ser assustadoramente durona, mas havia algo nela de que eu realmente gostava: o jeito como ela sabia o que queria e não deixava que nada a impedisse de alcançar seu objetivo. Ela recusava todas as limitações: distância, idade, até mesmo picadas de águas-vivas.

* * *

Quando chegamos à casa de minha mãe, papai me disse:

— Boa noite, filhota — como sempre fazia.

Eu saí do carro, exatamente como sempre fazia.

Ele esperou até que eu chegasse à porta da frente. Pouco antes de entrar, eu me virei e acenei para ele.

Adeus, papai.

Ele piscou os faróis e partiu.

Esta é a coisa mais importante que aprendi com o *não-falar*: é muito, muito mais fácil guardar um segredo quando não usamos nenhuma palavra.

Terça-feira, três da tarde

E então era terça-feira.

O dia em que eu compraria minha passagem com o cartão de crédito do meu pai.

Comprar a passagem era muito simples. Inseri minhas datas e destinos. A passagem me levaria a Chicago, depois a Hong Kong, depois a Brisbane.

Parecia impossível imaginar que meu corpo estaria em qualquer um desses lugares. Do meu pequeno quarto em South Grove, Massachusetts, nenhum desses locais parecia nem um pouco real.

Minha passagem me deixaria em Cairns, Austrália, um dia e meio depois da minha partida. Eu passaria do inverno ao verão em apenas 36 horas.

Digitei cada número do cartão de crédito, o nome completo do meu pai, a data de validade. Tudo.

Na base do site de viagens em que fiz minha reserva, havia um grande botão vermelho: "COMPRAR PASSAGEM".

Cliquei nele. Simples assim.

E, agora, era real.

Eu me recostei na cadeira e fiquei respirando fundo por um tempo.

Quando levantei, liguei para o serviço Green Hills de vans. Disse que precisava ir ao aeroporto para um voo internacional. Falei isso com muita segurança, como se fizesse viagens desse tipo o tempo todo.

A voz do outro lado da linha não registrou nenhuma surpresa. Não perguntou quantos anos eu tinha; só me perguntou a que horas era o meu voo e depois me informou o horário em que teriam que me pegar.

Eu tinha duas opções. A van poderia me pegar no centro estudantil da universidade em que Aaron era técnico, ou em um hotel no centro.

A universidade era um ponto de encontro mais arriscado, porém mais perto. Eu podia ir até lá a pé.

Eu lhes disse que pegaria a van na universidade.

Eles me disseram que eu teria que pagar 54 dólares em dinheiro.

Estava tudo acertado.

Quarta-feira

Na escola, no dia seguinte, meu último dia ali, eu sentia uma estranha euforia.

Isto acabou para mim.

Vou embora e não vou voltar até ter provado algo importante.

Era como se eu estivesse flutuando pelo corredor. Como se eu estivesse e não estivesse lá ao mesmo tempo. Quase como se eu já fosse um fantasma. *Coração fantasma.*

* * *

No fim do dia, Justin veio me encontrar no meu armário.

— Oi, Sininho — disse ele. — Você vai ao baile sexta-feira?

Naquele instante, tive muita vontade de lhe contar. Talvez, se precisasse de alguém para transmitir algum recado depois que eu fosse embora, eu tivesse mesmo lhe contado. Mas eu não estava completamente segura de que ele ficaria de boca fechada. Então sacudi a cabeça.

— Não vou estar na cidade.

— Que pena — ele respondeu. — Eu planejei uma fantasia muito incrível.

— O que você é, herói ou vilão? — perguntei, referindo-me ao tema que meus colegas tinham escolhido.

— Ah, desculpa — ele falou, sorrindo. — Você vai ter que estar no baile para saber.

O sinal tocou. Vestimos o casaco e caminhamos juntos até os ônibus. Pouco antes de entrar no meu, parei e sorri para ele.

— Do que você está rindo? — ele quis saber.

— Vilão — respondi. — Aposto que a sua fantasia é de vilão.

Entrei no ônibus escolar e me sentei sozinha. Justin acenou para mim pela janela. Depois enfiou as mãos nos bolsos do casaco e se afastou para entrar no seu.

Os motores começaram a roncar, e eu fiquei olhando enquanto a escola se tornava cada vez menor, com seus tijolos desaparecendo ao longe.

* * *

Quando saí do ônibus escolar, decidi não ir direto para casa. Em vez disso, caminhei no ar frio até a casa de Aaron e Rocco. Queria ouvi-los me chamar de Suzy Q uma última vez. Queria me distrair com a energia e a conversa deles. Mas, quando toquei a campainha, ninguém atendeu.

Fiquei parada ali, no quintal dos fundos, prestando atenção em minha respiração. Meus dedos estavam amortecidos e eu queria entrar, sentar no espaço deles, mesmo que não pudesse sentar com eles.

Eu sabia que eles guardavam a chave embaixo de um vaso de plantas no quintal. Provavelmente não se importariam se eu entrasse. Só por alguns minutos. Só o tempo suficiente para me aquecer um pouco antes de ir para casa.

Lá dentro, fui andando de um cômodo a outro. A cozinha, com a louça limpa e ainda molhada, colocada ordeiramente no escorredor de pratos (Aaron e Rocco não deviam ter saído há muito tempo). O banheiro, que cheirava a creme de barbear. A sala com pilhas de revistas, *Sports Illustrated*, *New Yorker*, *Atlantic* e uma outra chamada *Adbusters*. No canto, um par de tênis Nike com meias do avesso enfiadas dentro.

Eu odiava a ideia de deixá-los.

Na prateleira sobre a lareira, vi uma foto emoldurada de Aaron, de anos atrás, sobre algumas notas soltas de dinheiro. Havia um post-it pregado na moldura.

Peguei a fotografia. Nela, Aaron estava em um campo de futebol, o mesmo que eu via todos os dias pela janela da minha classe de matemática. Ele segurava uma bola de futebol e usava óculos grossos e aparelho nos dentes — eu até já tinha esquecido que ele havia usado aparelho. Seus braços eram muito magros, mais magros ainda que os meus. Ele devia ter a minha idade quando aquela foto foi tirada.

Não vi ali nenhum traço do técnico autoconfiante que ele era hoje.

No bilhete, Rocco havia escrito: "Eu já amava você antes de te conhecer. Mesmo quando você era desse jeito. Beijos".

Coloquei a foto de volta na prateleira e peguei o dinheiro. Duas notas de vinte, uma de cinco e três de um. Quarenta e oito dólares.

Eu já tinha tirado muito dinheiro da minha mãe. Tinha comprado uma passagem aérea com o cartão de crédito do meu pai. Não precisava roubar desses meninos também, precisava?

No entanto... eu não sabia exatamente *do que* eu precisava. E se me faltassem exatamente 48 dólares?

Pensei em Bridget Brown parada no aeroporto de Nashville, contando seu dinheiro.

Enfiei as notas no bolso do meu jeans, fui para a porta e parei.

Corri de volta para a lareira, peguei a foto emoldurada de Aaron e saí correndo da casa. Só depois de estar do lado de fora, lembrei que tinha deixado a chave dentro, sobre a lareira. Virei-me para pegá-la, mas a porta tinha travado por dentro. Eu não podia mais entrar.

Não sabia mais o que fazer, então praticamente corri todo o caminho até minha casa, apertando com força a fotografia de Aaron e escorregando várias vezes na calçada gelada.

Adeus, casa

Era quinta-feira, 7h18. Minha última manhã em casa. Mamãe sairia cedo hoje, acreditando que eu pegaria o ônibus da escola por conta própria. Mas, em vez de ir para a escola, eu me dirigiria ao campus universitário, onde a van contratada me pegaria para me levar ao aeroporto.

Eu estava colocando fatias de pão em nossa velha torradeira quebrada, mais um dos "tesouros" de lojas de artigos usados encontrados pela minha mãe, quando ela entrou na cozinha em sua roupa de trabalho. Ela me beijou no alto da cabeça, e eu me afastei.

— Você lembra que tenho um compromisso com um cliente esta manhã, não é, Zu?

Claro que eu lembrava. Tinha montado todos os meus planos com base nisso.

— Tem tudo de que precisa para o dia?

Confirmei com a cabeça. Eu tinha, embora não fosse exatamente o dia que ela achava que eu havia planejado.

Mamãe pegou sua bolsa e começou a organizar seus papéis.

— Aff — ela resmungou. — Eu detesto mostrar casas no inverno. Tudo parece tão sem vida...

Em minha cabeça, eu lhe contava. *Estou indo, mamãe. Estou indo embora.*

Enquanto ela enfiava os papéis de volta na bolsa, eu abri a gaveta de talheres e peguei uma faca de manteiga.

— Sei lá — ela falou consigo mesma. — Talvez o verão não esteja *tão* longe assim.

Fechei a gaveta com mais força do que pretendia.

— Ei, cuidado — ela me repreendeu.

Desculpe, mamãe. Você não vai entender.

Quando minha torrada saiu, as bordas estavam queimadas.

Droga de torrada queimada dessa droga de tesouro. Por algum motivo, aquelas bordas escuras pareciam a coisa mais triste do mundo.

E então eu fiquei brava comigo mesma por estar triste.

A tristeza era perigosa. A tristeza podia arruinar tudo. A tristeza era a única coisa que ainda poderia me deter.

Joguei a torrada dentro da pia com força. Migalhas se espalharam por toda a cuba de metal.

— Zu! — minha mãe exclamou, parecendo surpresa.

Abri com raiva o pacote de pão e tirei mais duas fatias.

Vá logo, vá logo. Apenas vá. Eu não posso resolver nada enquanto você não for embora.

Mamãe sacudiu a cabeça.

— Epa — ela murmurou. — Alguém levantou com o pé esquerdo.

Pus o pão na torradeira e virei o botão para o nível mínimo. Atrás de mim, minha mãe pôs as mãos em meus ombros. Eu me livrei de seu toque.

Mamãe, vá de uma vez. Você é a última de quem eu tenho que me despedir e quero que essa parte acabe logo. Por favor, só vá.

Abri com violência a porta da geladeira. As garrafas e frascos dentro dela tilintaram.

— Zu — mamãe disse —, o que está acontecendo com você hoje?

O que está acontecendo comigo é que eu estou prestes a fazer algo muito grande. E, a cada minuto que você passa aqui comigo, tenho menos vontade de fazer isso.

Fiquei olhando dentro da geladeira por um instante.

— O que você está procurando? — ela perguntou. — Manteiga?

E é por isso que eu preciso que você desapareça daqui.

Bati a porta da geladeira. Mais vidros tilintaram.

Minha mãe respirou fundo, daquele jeito em que ela puxa e solta o ar pelo nariz muito, muito devagar. Eu sabia que ela estava tentando evitar o que chamava de *perder a calma*.

Ela foi até a geladeira e abriu a porta. Sem dizer nada, pegou um tablete de manteiga, com a embalagem semiaberta, e o colocou no balcão à minha frente.

Não ousei olhar para ela. Em vez disso, levei a manteiga até o nariz e fiz um gesto de cheirá-la. Joguei-a de volta no balcão, como se ela cheirasse mal.

— Pelo amor de Deus, Zu. Você está sendo agressiva.

Por favor. Por favor, só vá embora.

Minhas torradas saíram da torradeira, menos queimadas dessa vez. Eu as peguei, joguei em um prato e comecei a passar manteiga com tanta força que rasguei o pão.

— Zu — mamãe disse —, se tiver alguma coisa que eu possa fazer para ajudar você a melhorar sua manhã, esta é a hora de me falar.

E então eu falei.

— Só vá embora — murmurei.

— Zu...

Eu me virei, com as palavras duras já saindo da minha boca:

— Só vá, mãe. Eu... não... quero... você... aqui.

Eu queria já ter passado por essa parte. Queria já ter me esgueirado por uma saída de emergência para qualquer mundo que estivesse além dela. Queria que todas as despedidas já estivessem encerradas.

Mamãe olhou para o relógio.

— Eu não quero me atrasar, mas, querida...

— Qual é o *problema* com você? — eu a interrompi. — Por que não pode simplesmente *ir embora*?

Havia um buraco enorme entre o que se passava dentro e fora de mim, entre o que estava em meu coração e o que eu lançava para o mundo. O buraco era tão grande que ameaçava me partir em três bilhões de pedaços, bem ali, no meio da cozinha.

Mamãe respirou fundo.

— Eu não sei o que fazer — ela sussurrou.

— Você tem que ir — respondi. — É isso o que você tem que fazer.

Ela pegou a bolsa.

— A gente se vê depois da escola, está bem? Aí podemos conversar.

Eu não estarei aqui, mamãe. Desculpe, mas eu não estarei aqui. Há algo que eu preciso fazer.

— Espero que o seu dia melhore, Zu. — Ela fez uma pausa, depois acrescentou: — Eu amo você.

Ela saiu e fechou a porta silenciosamente.

Enquanto ouvia seus passos na frente da casa, eu queria duas coisas ao mesmo tempo: queria levar adiante minha fuga, mas também queria ir atrás da minha mãe, para que ela me impedisse de partir. Queria que ela me dissesse que havia pessoas que precisavam de mim aqui, em casa, mais do que qualquer coisa que alguém pudesse precisar que eu fizesse.

Eu queria que ela me pusesse na cama e só me acordasse quando tudo tivesse voltado ao normal.

Mas eu nem sabia mais o que era normal.

O carro da mamãe se afastou.

E só depois que ela foi embora eu compreendi que ainda faltava mais um adeus.

Telefonema

Peguei o telefone.

Eu ainda sabia o número de cor, por causa dos anos de conversas que não podiam esperar, como quando nós duas terminamos de ler *James e o pêssego gigante* no mesmo dia, e eu não aguentei esperar para falar com ela sobre a mansão pêssego na cidade de Nova York. Ou as centenas de vezes em que nos telefonamos para conferir qual era a lição de casa, mesmo que nós duas já soubéssemos. Ou o dia em que Dylan Parker apareceu na escola com seus tênis de cano alto, camiseta do time Patriots e cabelo moicano, e Franny me ligou para dizer: "Aquele menino novo é muito esquisito, não acha?" Eu não tinha notado que ele era particularmente esquisito, na verdade nem tinha prestado muita atenção nele, mas disse que sim, e não me dei conta por um longo tempo do real motivo de ela querer falar sobre ele.

O telefone tocou três vezes. Eu já ia desligar, quando ouvi alguém atender.

— Alô?

A mãe de Franny.

Respirei fundo. Ela não tinha como saber que eu havia passado os últimos meses em modo *não-falar*, que eu não falava ao telefone desde antes de Franny morrer. Ela não podia saber como era difícil para mim falar qualquer coisa que fosse.

— Como está a Marshmallow?
Houve uma longa pausa antes que a mãe de Franny respondesse:
— Está bem, Suzy. Você pode vir aqui brincar com ela, se quiser.
Eu pensei na ideia. E me imaginei indo até lá e me sentando com a mãe de Franny, em vez de ela ficar sozinha, e eu também, nós duas conectadas apenas por alguns fios estendidos em postes de madeira na margem das ruas. Não tinha certeza se gostaria de fazer isso, mas respondi:
— Obrigada.
Ficamos um tempo sem dizer nada, então voltei a falar:
— Acho que está cedo demais para telefonar. Eu não pensei nisso.
— Não, tudo bem. Já estou acordada há algum tempo. — Eu a imaginei sentada na cozinha, com as faixas de trepadeiras pintadas no papel de parede junto ao teto, os puxadores de porcelana floral nos armários. Franny e eu sempre sujávamos aqueles puxadores com massa de bolo quando cozinhávamos, por mais que nos esforçássemos para não fazer sujeira.
— Vai ter um baile na escola amanhã à noite.
— Ah, é?
— Sim. O tema é Heróis e Vilões.
Era difícil saber o que era adequado dizer e o que não era. Talvez eu nem devesse ter falado para ela sobre o baile, já que Franny nunca teve a chance de ir a um baile. Era estranho. Eu estava crescendo, e as outras crianças também. Em alguns meses, eu seria oficialmente uma adolescente. Em mais um ano, teria quase catorze anos, o que soava tão velho que parecia quase impossível. Mas Franny sempre teria doze anos.
— O que você vai ser? — a mãe de Franny perguntou.
— O quê?
— Vai ser herói ou vilão?
— Ah — falei. — Eu não vou ao baile. Não vou estar na cidade.
Respirei fundo, porque era a hora: aquela era a minha oportunidade de explicar tudo o que eu estava prestes a fazer e por quê. Dizer a ela que todos podiam ter se conformado com *às vezes as coisas simplesmente acontecem*. Mas não eu.

Só que, antes que eu pudesse começar, a mãe de Franny falou outra vez:

— Você sabe que ela sempre admirou muito você, Suzy.

E então eu não sabia mais *o que* dizer.

— Ela dizia que você nunca se importava com o que os outros pensavam. Eu via como ela gostava disso em você. Acho que ela mesma gostaria de ser um pouco mais assim.

As palavras da mãe de Franny foram uma surpresa tão grande que eu me perguntei se ela não estava mentindo.

Nunca tinha me ocorrido que Franny pudesse querer ser como eu. E, claro, o que a mãe de Franny tinha acabado de dizer não era verdade: eu me importava *sim* com o que os outros pensavam. Eu me importava com o que Franny pensava.

Ficamos ali em silêncio, cada uma em sua casa, *não-falando* uma com a outra.

É interessante como não-palavras podem ser melhores do que palavras. O silêncio pode dizer mais que o barulho, da mesma maneira que a ausência de uma pessoa pode ocupar ainda mais espaço do que sua presença ocupava.

Depois de um tempo, mordi o lábio.

— Preciso desligar — falei.

— Obrigada por ter telefonado, Suzy.

— Dê um beijo na Marshmallow por mim.

— Vou dar. E se cuide, está bem?

Concordei com a cabeça, mesmo sabendo que ela não podia me ver. Então ficamos em silêncio por mais um momento, até que ouvi algo. Talvez tenha sido um "tchau", ou talvez um lamento que escapou de sua garganta.

Desliguei o telefone. Fui para o meu quarto e tirei a mala do armário. Coloquei a fotografia emoldurada de Aaron no bolso externo. Depois levantei a mala do chão e saí de casa.

O fim

Quem é capaz de saber? Talvez o fim de todas as pessoas não seja o dia em que elas realmente morrem, mas a última vez em que alguém fala com elas. Quando você morre, talvez não desapareça de fato, mas se apague em uma sombra, escura e disforme, apenas com os contornos visíveis. Com o tempo, conforme as pessoas forem se esquecendo de você, sua silhueta gradualmente se mistura com a escuridão, até a última vez em que alguém diz seu nome neste planeta. E é então que o que ainda restar de você — a ponta sardenta de seu nariz, ou seu lábio superior em forma de coração — se dissolve para sempre.

Se isso for verdade, é uma boa razão para evitar dizer o nome de alguém depois que a pessoa morre. Porque nunca se sabe. Nunca se sabe qual das vezes em que você o diz poderá ser a última vez.

E, então, ela desaparecerá para sempre.

PARTE SEIS

Resultados

Resuma suas observações. Seus resultados corroboram sua hipótese? Lembre-se de que a ciência nunca "prova" realmente nada; ela apenas contribui para um conjunto crescente de evidências sobre a maneira como o mundo funciona. Se sua pesquisa não parece corroborar sua hipótese, seja honesto quanto a isso. Lembre-se de que, na ciência, aprendemos tanto com os fracassos quanto com os sucessos.

— Sra. Turton

Imortalidade

Este é o último fato, e o mais importante, sobre águas-vivas. Aposto que você não poderia adivinhar nem em um milhão de anos.

Elas são imortais.

Não estou exagerando quando digo isso. Também não estou dizendo apenas que elas vão sobreviver a nós, apesar de ser verdade.

Eu digo literalmente: há pelo menos uma espécie de água-viva que pode rejuvenescer, o que é algo que provavelmente nenhuma outra criatura na face da Terra pode fazer. Não acredita em mim? Pode pesquisar. O nome dela é *Turritopsis dohrnii*. A água-viva imortal.

Quando ameaçada, a *Turritopsis dohrnii* pode voltar de seu estágio adulto de medusa — o estágio em que uma água-viva parece uma água-viva — para um estágio anterior, em que ela se fixa no fundo do oceano, em busca de segurança. Em teoria, ela pode fazer isso indefinidamente: envelhecer, rejuvenescer, envelhecer, rejuvenescer, e nunca morrer de verdade.

Seria como se, quando tudo começasse a dar errado, quando começasse a ficar estressante, nós pudéssemos simplesmente voltar para trás. Imagine isso. Imagine se pudéssemos dizer: "Opa, isto está muito difícil", e então encolhêssemos de tamanho e voltássemos a ser crianças, como antigamente.

E pudéssemos ficar lá, em segurança, para sempre.

Então nada teria acontecido como aconteceu. Eu não teria precisado fazer nada para consertar todas as coisas que deram errado. Eu nunca teria tentado mandar aquela mensagem para você. Tudo estaria bem. Seria fácil, como era antes.

Você ainda estaria aqui. E, Franny, você me amaria outra vez. Como sempre fez.

Rumo à Austrália

O truque para qualquer coisa é acreditar que ela é possível. Quando você acredita em sua própria habilidade para fazer algo, mesmo que seja algo assustador, isso lhe dá um poder quase mágico. A autoconfiança é mágica. Permite que você enfrente tudo.

Permite que enfrente uma longa caminhada até a universidade, arrastando sua mala. Permite que enfrente os intermináveis momentos de espera, ali de pé, no frio, tentando parecer que está em seu ambiente natural. Permite que enfrente a incerteza: será que a van vai mesmo aparecer? E também o alívio e o medo que sente quando ela de fato aparece.

A van estava cheia de estranhos. Havia uma mulher de cabelos brancos que falava longamente com outra, em roupa de trabalho vermelha. Cabelos Brancos disse que estava indo visitar seu netinho recém-nascido, "quatro quilos e sessenta gramas", em Atlanta. Roupa Vermelha respondeu que passaria o dia em Grand Rapids — "só um bate e volta rápido" — para fazer uma palestra sobre conservação de obras de arte.

Tomei o cuidado de não olhar para ninguém. Não fiz contato visual. Mesmo quando a van parou em um hotel e um homem com cheiro de cigarro velho se sentou ao meu lado e disse "oi", eu não me virei para olhá-lo.

Vi as casas passarem e pensei: *Adeus, casas.*

Vi as ruas pequenas se transformarem em grandes avenidas e pensei: *Adeus, ruas pequenas.*

Vi as avenidas darem lugar a uma estrada e pensei: *Adeus, South Grove, Massachusetts.*

Enfiei a mão no bolso do casaco e passei os dedos pelo papel retangular cor-de-rosa, aquele que continha as informações do cartão de crédito do meu pai.

Até aqui, tudo havia sido muito fácil. Eu me sentia orgulhosa do meu bom planejamento.

Tentei não pensar em minha mãe, no fato de que eu nem tinha dado um abraço de despedida nela. Em vez disso, só fiquei olhando enquanto ela entrava no carro e ia embora.

Quando a van chegou ao aeroporto, os passageiros foram descendo, um por um, em seus diferentes terminais. Cada vez que alguém descia, a porta aberta trazia uma rajada de vento ártico para dentro do veículo. Notei que todos pareciam dar dinheiro para o motorista antes de se despedir. Então, quando chegamos ao terminal internacional, peguei meu envelope e tirei uma nota amassada de um dólar. Entreguei a nota a ele, peguei a mala e agradeci. Durante todo o tempo, eu olhava ao longe, com um ar de indiferença, como se tudo aquilo fosse habitual para mim.

E então caminhei até o balcão da companhia aérea e entrei na fila.

Agora eu receberia o cartão de embarque, passaria pela segurança e voaria até o extremo do mundo.

Já havia acertado meu relógio para o horário de Cairns, que fica quinze horas à frente do horário de Massachusetts.

Eu tinha uma escova de dentes em minha bagagem de mão, além de um tubinho pequeno de creme dental.

Tinha uma troca de meias e uma troca de roupa de baixo também, porque não queria chegar à Austrália me sentindo muito suja.

Tinha um caderno cheio de palavras e expressões de que eu poderia precisar na Austrália: *chemist* significa "farmácia", *boot* significa "porta-malas", *lift* significa "elevador" e *to come good* significa "dar tudo certo".

A primeira parte da minha viagem já tinha dado certo.

Eu tinha o endereço do escritório de Jamie Seymour na Universidade James Cook, que fica a uns quinze quilômetros do aeroporto. Para chegar lá, eu viajaria pela rodovia que também se chama James Cook, que, como eu sabia, porque estudei a vida dos exploradores com Franny, navegou da Inglaterra até a Austrália. Ele viajou para lá quase 250 anos atrás, como parte de uma longa expedição para ver Vênus passar entre a Terra e o Sol.

Essas duas viagens, a de Cook e a de Vênus, pareciam ter dado certo.

Quando eu chegasse, estaria a menos de dois quilômetros do oceano. Imaginei se conseguiria ouvir as ondas e se elas soariam como a Terra respirando.

O passageiro na frente da fila dirigiu-se aos portões com o cartão de embarque na mão. Todos na fila, inclusive eu, andamos uns passos para a frente.

A Austrália estava tão perto que eu quase podia senti-la.

Sente-se

Aproximei-me do balcão, tentando não piscar muito. Piscar demais indica que você está nervosa. E estar nervosa é suspeito.

A mulher atrás do balcão tinha longos cabelos loiros e seus olhos pareciam só um pouquinho separados demais. Ela digitava em um teclado, com as unhas vermelhas batendo nas teclas em um *tec-tec* veloz.

— Nome?

Respondi. Ela digitou, sem levantar os olhos. *Tec-tec-tec.*

— Passaporte?

Procurei dentro da bolsa e lhe entreguei. A mulher abriu meu passaporte e folheou as páginas vazias. Depois franziu a testa.

— Espere um pouco — falou. — Qual é a sua data de nascimento?

Quando eu falei, ela me olhou de um modo estranho.

— Humm, isso não... — ela começou, sem concluir. Então digitou mais algumas coisas e franziu a testa de novo. — E parece que você não solicitou um visto.

Eu não sabia muito bem sobre o que ela estava falando, mas senti, de alguma maneira, que a viagem começava a escapar do meu alcance.

Visto, pensei. *Ela disse visto.*

Mesmo sabendo que isso não consertaria nada, fiz a única coisa que me ocorreu: pus a mão no bolso e puxei o papel cor-de-rosa com as informações do cartão Visa do meu pai. Deslizei-o sobre o balcão em direção a ela.

Ela o olhou e virou de um lado para o outro algumas vezes. Parecia confusa.

— O que é isto? — perguntou.

— É o meu visto — falei, levantando o queixo no ar e respondendo com expressão de autoconfiança, como se meu cérebro não estivesse em rotação acelerada. *Eu só preciso passar por isso e pronto*, pensei. *Faço o que for preciso para entrar naquele avião.*

Ela estreitou os olhos.

— Isto é tão... — A moça ficou olhando para o papel por um tempo.

— Hum, acho que estou entendendo.

Ela olhou para mim.

— Meu bem. — A voz dela soou de repente muito calma. — Onde estão seus pais?

Respirei fundo e falei com toda a dignidade que pude.

— Eles não vão poder viajar — respondi. Vi minha mala passar por uma esteira atrás dela.

Pisquei algumas vezes e acrescentei:

— Os dois trabalham.

Ela olhou de novo para o papel cor-de-rosa, como se estivesse pensando.

— Minha querida, você não pode viajar para fora do país sozinha.

— Eu comprei a passagem — falei.

— Sim, mas...

Citei a reportagem do jornal sobre Bridget Brown:

— Passageiros a partir de doze anos podem viajar sem que estejam acompanhados de um adulto, desde que tenham um cartão de embarque válido.

— Não — disse ela. — Não em viagens internacionais.

Quando ela falou de novo, sua voz foi extremamente suave:

— Sinto muito.

Foi a suavidade que me pegou, o fato de que ela estava tentando com muito empenho ser delicada. Se ela achava que eu precisava de delicadeza, isso não era um bom sinal.

A questão é que não fazer isso, não fazer essa viagem, não era uma opção. Não mais.

Baixei os olhos, tentando pensar no que dizer em seguida. Eu sabia o que precisava acontecer agora: eu precisava recuperar o controle da situação, e rápido. Havia uma multidão atrás de mim, e eu não tinha muito tempo.

Olhei para o desenho de espirais na superfície laminada do balcão. Mas, por mais que me esforçasse, não conseguia pensar em como recuperar o controle.

Então algo dentro de mim entendeu. *Isso não vai dar certo.*

Foi quando as espirais desapareceram em um borrão. Minhas mãos, o papel cor-de-rosa, meu passaporte dissolveram-se em ondulações. Vi uma gota gorda cair sobre o balcão.

— Ah, meu bem — disse a moça.

Ouvi o burburinho do aeroporto à minha volta — passos e carrinhos de bagagem, o zumbido do prédio, talvez fosse o sistema de aquecimento, ou talvez as luzes fluorescentes. Imaginei que, se eu escutasse com extrema atenção, talvez pudesse ouvir meu próprio sangue sendo bombeado pelo corpo.

Percebi que estava tremendo.

Lembrei-me de Bridget Brown, que voou para o Tennessee e teve de dar meia-volta e retornar para casa. *Pelo menos ela chegou a algum lugar*, pensei.

Eu só tinha chegado até o balcão de check-in.

Senti uma mão em meu ombro. A moça tinha saído de trás do balcão. De pé ao meu lado, ela era menor do que eu imaginava. Mesmo de sapatos de salto, não era mais alta do que eu.

— Venha comigo — ela falou.

Eu deixei que ela me guiasse para a lateral do balcão, por onde os funcionários entram e saem.

— Sente-se — ela me disse, e eu me sentei no chão.

Olhei para ela, vi o jeito como ela olhava para mim, e então a imagem dela ficou embaçada também. Lágrimas quentes começaram a descer pelo meu rosto.

Ela se agachou ao meu lado, pôs a mão em meu braço e o apertou de leve. Depois se levantou e foi embora. Eu apoiei a cabeça nos joelhos, pressionando os olhos.

Estava cansada. A luz doía.

Eu tinha fracassado.

Ela conseguiu

Fiquei sentada no chão por um longo tempo, observando as pessoas fazerem o check-in no balcão e se dirigirem a seus portões de embarque.

Vi um homem de cabelos brancos e tênis cor de laranja vibrante. Uma mulher-soldado, toda em traje de camuflagem. Uma mãe com uma criança pequena, que chorava e gemia de um jeito cansado. O menino estava de moletom e a mãe insistia em puxar-lhe o capuz sobre a cabeça. Cada vez que ela fazia isso, ele o arrancava. Ela o balançava sobre o quadril e olhava direto para a frente.

Todas essas pessoas estavam indo para algum lugar.

Fechei os olhos e me concentrei em minha respiração. Estive respirando o dia todo, a semana toda, a vida toda, e tinha me esquecido de reparar nisso até agora.

Franny nunca mais voltaria.

A questão era essa. Mesmo se eu conseguisse que Jamie me dissesse que o problema tinha sido uma água-viva e que eu estava totalmente certa, isso não mudaria nada. Franny continuaria morta e nossa amizade ainda assim teria terminado do jeito que terminou.

Eu sinto muito. Sinto muito. Sinto muito, muito mesmo.

Com os olhos ainda fechados, ouvi o menino chorando, o *tec-tec* do teclado da recepcionista da companhia aérea, o alto-falante avisando que as bagagens do voo de Toronto logo chegariam à esteira número três.

Desculpe por eu não ter sido quem você queria que eu fosse. Desculpe pelo que eu fiz. Desculpe por qualquer coisa que você possa ter sentido naquele momento horrível em que você desapareceu.

Um telefone celular havia sido encontrado no banheiro feminino e poderia ser recuperado no andar inferior.

Desculpe por eu ser apenas uma criatura burra em uma rocha voando pelo espaço. Desculpe por eu ter feito o seu tempo nesta rocha, neste ridículo grão de poeira, ser mais difícil em vez de mais fácil.

Desculpe por minha tentativa de um recomeço ter se transformado no pior fim possível.

Desculpe por eu ter entendido tanta coisa de modo tão errado.

* * *

Eu devo ter adormecido, porque, quando abri os olhos, havia cobertores sobre mim, vários daqueles quadrados finos e felpudos de companhias aéreas. Eles estavam colocados em uma espécie de mosaico, de modo que eu ficasse totalmente coberta. Levantei a cabeça, mas não vi a funcionária loira em lugar nenhum. Um homem de terno passou apressado, arrastando uma mala preta que rodava atrás dele como um cachorro relutante.

Deitei a cabeça outra vez e me enrolei feito uma bola, arrumando os cobertores sobre mim. O chão era duro e frio, e era bom senti-lo de encontro ao rosto.

Fechei os olhos de novo.

Quando tornei a abri-los, minha mãe estava lá. Foi uma surpresa enorme vê-la ali, no aeroporto, com todos aqueles estranhos. Ela ainda usava a roupa de trabalho com que eu a vira naqueles últimos momentos na cozinha.

Seus olhos examinavam meu rosto, e ela parecia um pouco em pânico.

— Zu — mamãe disse, sentando-se no chão ao meu lado. — Ah, meu bem. — O rosto dela se contorceu, e lágrimas começaram a descer por suas bochechas.

Eu não sabia se eram lágrimas de amor, lágrimas tristes ou felizes, ou as três ao mesmo tempo.

— Ah... ah, minha doce e querida Zu. — Ela pegou minhas mãos e as apertou com força.

E então Aaron estava ali também. Ele se sentou, fechou a mão em punho e me deu uma pancadinha leve no joelho.

Ninguém disse nada por um longo tempo.

Depois de vários minutos, Aaron falou com total naturalidade.

— E aí, Zu, o que está rolando? — E o modo como ele disse aquilo, como se toda aquela situação fosse completamente normal, me fez rir um pouco. Meu nariz estava escorrendo, mas eu não me importei. Limpei-o com as costas da mão.

— Eu achei... — comecei, respirando fundo. — Eu achei que ia conseguir provar... que ia conseguir provar o que realmente aconteceu.

Mas é claro que eles não sabiam do que eu estava falando. Não sabiam nada das coisas sobre as quais eu vinha pensando nos últimos meses. Eles não sabiam sobre o passeio ao aquário, ou sobre a irukandji, ou sobre as vinte-e-três-picadas-a-cada-cinco-segundos. Não sabiam sobre Jamie, ou sobre minha pesquisa, ou como eu achava que havia descoberto algo que ninguém mais tinha pensado. Não sabiam sobre Bridget Brown e Dollywood, ou sobre qualquer uma das circunstâncias que haviam me levado a estar sentada ali, sozinha, no chão de um aeroporto.

Eles não entendiam como algo impossível havia se tornado a única coisa possível.

Ouvi um turbilhão de palavras despencando da minha boca, como há muito não acontecia. Eu as escutava e percebia que elas não faziam sentido. Por mais que eu tentasse explicar, não conseguia fazer minha explicação soar nem um pouco mais razoável.

Ocorreu-me que talvez esta seja outra consequência de quando se para de falar: talvez a gente perca a noção sobre se as coisas que estão dentro da nossa cabeça são normais e razoáveis ou cheias de defeitos.

Quando terminei de falar, quando soltei toda aquela profusão de palavras na tentativa de me explicar, lembrei-me do que a dra. Pernas tinha dito na primeira vez em que a vi: que cada um tem seu próprio modo de vivenciar o luto e que não há uma maneira certa ou errada de sofrer.

Bom, pensei. *Quando ela ficar sabendo disso, talvez mude de ideia.*

* * *

Depois disso, ficamos sentados em silêncio por alguns minutos. Então minha mãe disse, com a voz calma:

— Eu sempre imaginei que tivesse sido uma corrente de retorno.

Olhei para ela.

— O quê?

— Bom... eu não sei por que ela se afogou, Zu, mas foi isso que eu sempre imaginei. Que pode ter sido uma corrente de retorno.

Uma corrente de retorno. Uma corrente invisível que puxa uma pessoa para dentro do mar.

— Mas poderia ter sido qualquer coisa — mamãe disse, com uma voz muito suave. — Vai ver que a Franny foi derrubada por uma onda e bateu a cabeça em uma pedra. Ou talvez tenha sido algum problema médico, como uma convulsão, ou alguma doença cardíaca que ninguém sabia. Ou talvez ela só estivesse cansada e tenha nadado para longe demais da costa...

A voz dela falhou.

Ela não falou o que havia pensado, nem Aaron. Nenhum deles me disse o que eu, de repente, entendi: que, o que quer que tenha sido, qualquer que fosse a razão, não importava de fato. Porque a questão era que *simplesmente aconteceu.*

De alguma maneira, esta realidade, de que às vezes as coisas *de fato* simplesmente acontecem, parecia ser a verdade mais assustadora e mais triste de todas.

Foi quando eu vi Rocco se aproximar segurando uma bandeja de papelão com bebidas quentes. Ele passou um copo para minha mãe, depois ofereceu outro para mim.

— Chocolate quente, Suzy?

No copo havia o desenho de uma sereia verde, com longos cabelos descendo em cascata sobre o peito. Havia uma coroa em sua cabeça, com uma estrela no alto. Mar e céu se encontrando em um copo de papel. Embora fosse só um velho logotipo bobo, ainda assim me deu a sensação de que Rocco me entregava uma mensagem, algo que dizia: "Nós compreendemos".

O chocolate quente estava delicioso. Por um tempo, ficamos só ali, sentados no chão, tomando nossas bebidas em modo não-falar.

Então notei meu envelope de dinheiro aparecendo na abertura da bolsa.

— Eu roubei — falei, e as palavras pareceram terríveis saindo da minha boca. — Usei o cartão de crédito do papai.

Peguei o envelope e o entreguei para minha mãe.

— E muito disto é seu — disse, depois me virei para Aaron e Rocco. — Mas tem uma parte de vocês também.

Contei como eu havia pegado o dinheiro na sala da casa deles.

— Nós já sabíamos, Zu — Aaron falou e olhou para Rocco. — Na verdade, até brigamos por causa disso. Era a parte dele do dinheiro para o supermercado. O Rocco jurou que tinha deixado ali para mim e eu jurei que não estava lá, então ele não podia ter deixado. Aí notei que a fotografia tinha sumido e que a chave estava em cima da prateleira. Essa era a única explicação.

Baixei os olhos em direção ao chão.

— Desculpem. — Fiquei surpresa ao ouvir como minha voz soava pequena e infantil.

Rocco, que não havia escutado a minha explicação, perguntou:

— Foi por uma boa causa?

— Foi — respondeu Aaron.

Rocco pôs a mão sobre a minha.

— Sabe, existem más ações piores do que aquelas feitas por um propósito nobre.

Limpei o nariz.

— Quem disse isso?

— Como assim? — ele perguntou.

— Isso é uma citação?

Ele sacudiu a cabeça.

— Não, Suzy Q. É só uma verdade.

Deitei a cabeça no colo de minha mãe, que era mais quente e macio do que eu me lembrava. E isso me fez pensar em um fato da apresentação da Jenna: que a mamãe golfinho não para de nadar nas primeiras semanas de vida de seu recém-nascido. O bebê não tem gordura suficiente para flutuar, então precisa ser carregado na corrente produzida pela mãe. Se a mãe parar de nadar, mesmo que por um breve período, o bebê afunda.

Deve ser cansativo ser mãe.

Em uma sala de espera próxima, notei uma televisão que transmitia a imagem de uma praia cheia de pessoas carregando câmeras e celulares. Qualquer que fosse o acontecimento, todos queriam registrá-lo. Perto da praia, três caiaques acompanhavam um objeto que balançava na água.

Era uma pessoa. Uma pessoa nadando em direção à areia.

Algumas palavras apareceram: "TRAVESSIA HISTÓRICA CUBA-FLÓRIDA".

Eu me levantei.

"NYAD COMPLETA TRAVESSIA A NADO DE 166 KM NA QUINTA TENTATIVA."

Sem pensar, comecei a me mover em direção à televisão.

— Ah — mamãe falou, me seguindo. — Eu li sobre isso.

Diana Nyad estava a poucos metros da areia. Só mais algumas braçadas. Se ela ficasse de pé agora, poderia sair da água andando.

— Uau — exclamou Rocco. — Ela conseguiu. — Ele assobiou entre os dentes. — Acho que cinco é o número mágico.

Nyad ficou flutuando na água, sem se mover. Depois se levantou devagar e cambaleou para a frente, com os passos tão duros que era quase como se não lembrasse como andar. À sua volta, auxiliares estenderam os braços, prontos para segurá-la se ela caísse. Mas deixaram que ela desse aqueles passos finais para fora da água, sem ajuda.

A multidão aplaudia entusiasticamente.

— Ela é muito corajosa — murmurei.

Assistimos em silêncio enquanto paramédicos ajudavam Nyad a entrar em uma ambulância, que depois se afastou lentamente da praia. A multidão saiu andando atrás da ambulância, ainda comemorando.

E então Aaron se virou para mim:
— Zu?
— Hã?
— Podemos levar você para casa agora?

Senti meu rosto se enrugar e lágrimas escorrerem outra vez, mas agora não eram apenas lágrimas tristes. Eram de outro tipo também: eram lágrimas de amor.

Nós quatro caminhamos em direção ao estacionamento. Quando a porta automática se abriu e pisamos do lado de fora do prédio, havia um grande movimento de carros, ar frio e muitas luzes brilhantes. Tudo aquilo me atingiu com força, como se eu estivesse prendendo a respiração debaixo d'água e, finalmente, tivesse levantado a cabeça acima da superfície.

Era como respirar ar fresco pela primeira vez, depois de um longo tempo.

PARTE SETE

Conclusão

O que você aprendeu com sua pesquisa? Avance um passo além de sua própria investigação e pense nas implicações para indagações futuras. O que mais há para aprender? Para onde sua investigação poderia levá-lo a partir daí?

— Sra. Turton

E se?

Elas ainda estão por aí, aquelas águas-vivas. Ainda estão por aí, com suas 23 picadas a cada cinco segundos. E vão estar por aí pelo resto da minha vida. Talvez até pelo resto da vida na Terra.

Eu penso na água-viva imortal, aquela que pode rejuvenescer. E me pergunto: É possível que exista mais de uma maneira de rejuvenescer? Há algum jeito de humanos rejuvenescerem também?

Por exemplo, e se pudéssemos retornar aos sentimentos que tínhamos quando pequenos, àquela sensação de que tudo é possível?

Em 1968, as pessoas viram a Terra se elevando acima da superfície da Lua e acreditaram que elas eram importantes. Acreditaram que poderiam realizar o que quisessem.

E se pudéssemos nos sentir desse jeito outra vez?

Há tantas coisas que nos dão medo neste mundo. *Blooms* de águas-vivas. Uma sexta extinção. Um baile escolar do fundamental II. Mas talvez possamos parar de nos sentir tão assustados. Talvez, em vez de nos sentirmos como um grão de poeira, possamos lembrar que todas as criaturas nesta Terra são feitas de pó de estrelas.

E nós somos as únicas criaturas que *sabem* disso.

Este é o ponto sobre as águas-vivas: elas nunca compreenderão isso. Tudo o que podem fazer é flutuar pela água, sem saber de nada.

Os seres humanos podem ser os mais novos habitantes deste planeta. Nós podemos ser muito frágeis. Mas também somos os únicos que podem decidir mudar.

A única coisa que faz sentido

Naquela noite houve uma grande quantidade de telefonemas. Minha mãe telefonou para meu pai para lhe contar o que tinha acontecido. Meu pai e minha mãe fizeram uma teleconferência, primeiro com a empresa do cartão de crédito, depois com a companhia aérea. Eu fiquei ouvindo enquanto eles eram transferidos de uma pessoa a outra.

Ouvi minha mãe contar a história várias e várias vezes, parando ocasionalmente para dizer coisas como: "Exatamente. Doze. Ela fez a reserva pela internet. Sim, sozinha. Não. Não, eu não sabia".

Tive um sono pesado nessa noite. De manhã, mamãe não me acordou para ir à escola. Fiquei contente com isso. Se tinha algum compromisso na imobiliária, ela deve ter cancelado, porque, quando finalmente acordei para tomar o café da manhã, ela estava de pé na cozinha, de pijama de flanela. Tinha o telefone preso entre o ombro e a orelha, e uma xícara de café fumegante na mão.

— Ótimo — ela falou ao telefone e piscou para mim. Parecia cansada, como se não tivesse dormido muito. — Ótimo — ela disse de novo. — Você foi muito atencioso, obrigada.

Em seguida, desligou o telefone.

— Boas notícias, Zu — ela me falou. — A companhia aérea vai reembolsar o dinheiro no cartão de crédito do seu pai.

Olhei para o chão.

— Todo o dinheiro?

— Todo o dinheiro. — Então ela murmurou, como se falasse ao mesmo tempo consigo mesma e comigo: — E é o que tinham que fazer mesmo. Eles não podem vender uma passagem para uma criança de doze anos.

Abri a porta da rua, ainda de pijama, e observei minha respiração no ar frio.

Se as coisas tivessem saído conforme o planejado, eu estaria chegando a Cairns mais ou menos a esta hora. Provavelmente estaria me registrando no Tropicana Lodge neste exato instante. Seria noite agora, e verão.

E ali estava eu, em uma manhã de inverno em Massachusetts, tremendo de frio em meu pijama, na varanda da frente do único lar que eu já tinha conhecido na vida.

Pensando realmente a sério, essa era a única coisa que fazia algum sentido.

Mamãe apareceu na porta.

— Zu? Acho que você deve um telefonema para o seu pai.

Sacudi a cabeça.

— Meu bem, eu conversei com ele ontem à noite, e de novo hoje de manhã. Ele está chateado, mas, sinceramente, está mais preocupado do que qualquer outra coisa.

Mas eu não podia ligar. Não ainda.

Como uma pessoa recomeça, especialmente depois de tudo o que tinha acontecido?

Como qualquer outra criança

Eu não planejava ir ao baile Heróis e Vilões na escola. Não pensei no baile em nenhum momento do dia. Nem quando Aaron e Rocco chegaram trazendo o almoço. Nem quando Aaron ligou a televisão em um jogo de futebol e todos ficamos vendo um time chamado Liverpool ganhar de um time chamado Tottenham nos minutos finais do jogo. Nem depois que eles foram embora, enquanto minha mãe preparava frango com arroz, que é meu prato favorito.

Mas, enquanto eu comia, o telefone tocou.

Mamãe atendeu. Logo em seguida, sacudiu a cabeça.

— Acho que você ligou para o número errado — disse ela. — Não tem nenhuma Sininho...

Levantei a cabeça e arregalei os olhos.

Um segundo depois, ela riu.

— Ah, *Suzy*. Sim, claro, ela está aqui... Não, ela não está viajando.

Minha mãe piscou para mim.

— Ela esteve fora, mas já voltou... Sim, um minuto, vou chamar.

Levantou uma sobrancelha e me lançou um olhar malicioso.

— Alguém chamado Justin quer falar com você, Zu.

Ela balançou o fone para mim e pronunciou "Vem logo" com os lábios.

Mas eu não peguei o telefone. Ela suspirou.

— Oi, ela não pode atender no momento. Quer deixar um...? Certo, anotado. *Muito maneira*. Está bem. Vou dizer a ela.

Ela desligou o telefone e me olhou com cara de curiosidade.

— O Justin — ela enfatizou o nome — me pediu para dizer que a fantasia dele para o baile é "muito maneira". Ele quer que você vá ver ao vivo.

O baile Heróis e Vilões. Claro. Era naquela noite. Meu estômago deu um pequeno salto só de pensar em toda aquela música. E em todas aquelas pessoas.

Mamãe se inclinou sobre mim.

— Quem é Justin?

— Ele é...

Pensei por um momento, sem saber muito bem como descrevê-lo.

— Bom — falei —, ele é um amigo... acho.

A palavra soou estranha em minha boca, mas, assim que eu a disse, soube que era verdade.

De alguma forma, aquilo era suficiente.

* * *

Não demorei muito para arrumar uma fantasia. Entrei no quarto que era de Aaron, abri seu armário e encontrei um velho boné do Red Sox manchado de tinta, que ele usou alguns verões atrás, quando ajudou a pintar casas, voltando todas as noites coberto de respingos verdes e amarelos. Também peguei uma camiseta cinza com bolso. Era suficientemente comprida para me servir como um vestido e ficou bem legal com uma legging.

Fui ao meu quarto e sentei na cama. Minha mala estava no chão, ainda por desarrumar. Só de vê-la ali tive a mesma sensação de quando ouvi minha mãe falando ao telefone na noite anterior: de que eu era muito, muito nova.

Enfiei a mão no bolso externo da mala e peguei a fotografia de Aaron, aquela que eu tinha tirado da casa dele e de Rocco. Era bom, de certa maneira, saber que ele também já tinha sido tão novo e esquisito. Talvez ele também já tenha se sentido um estranho na própria pele.

Tirei a foto da moldura e a coloquei no bolso da camiseta.

Depois respirei fundo, desci as escadas e perguntei à minha mãe se ela podia me levar para a escola.

O que fica

Se é verdade o que alguns cientistas acham — que todos os momentos no tempo existem simultaneamente —, então isto é real, e está acontecendo agora, exatamente como aconteceu antes:

Estamos embaixo de uma grande árvore em meu quintal, naquele pedaço de terra em que costumávamos construir casas de fadas com musgos, gravetos e lascas de cascas de árvore. É fim de tarde. Tudo à nossa volta brilha com uma luz dourada.

Estivemos juntas o dia inteiro, com nossos shorts desfiados e pés descalços.

É o começo do quinto ano. Seremos as mais velhas da escola. No próximo ano, seremos as mais novas outra vez. Mas ainda não.

Estamos brincando aquele jogo de bater na mão, aquele que gostamos de jogar nos recreios. Você estende as mãos com as palmas para cima, e eu coloco as minhas levemente sobre as suas. Você puxa as suas e tenta bater nas minhas. Você acerta o ar três vezes. Na quarta tentativa, suas mãos fazem contato com as minhas.

Nós rimos.

Eu viro minhas palmas para cima e suas mãos tocam as minhas, prontas para escapar. Sinto o calor de seus dedos, que é o calor de seu sangue pulsando em suas veias.

Seu rosto bloqueia o sol, que está baixo no céu. Os contornos de seu rosto, seus braços, brilham com uma luz branca. É como se alguém tivesse feito o seu desenho com uma tinta que brilha no escuro. Você muda de posição e os raios da tarde refulgem, de trás de sua cabeça. Eu estreito os olhos, e você desaparece em uma silhueta. Você se mexe de novo, e lá está você outra vez, suas sardas, seu cabelo claro brilhando como um halo.

Eu movo minhas mãos, e você tira as suas, bem na hora. As risadas escapam de nós sem percebermos, flutuando naquela luz dourada à nossa volta. Se tentássemos, poderíamos estender o braço e segurar aqueles risos, como uma pessoa pode pegar fagulhas que voam de uma fogueira ou sementes de dentes-de-leão carregadas ao vento. Poderíamos apertar aquelas risadas nas mãos, sentir sua quentura, como pedras que conservam o calor do dia em uma noite de verão.

Movo as mãos de novo e roço de leve o alto das suas.
— Errou — você diz.
E eu digo:
— Te peguei.
E você diz:
— Na-na-na.
E eu digo:
— Si-si-si.

E então fazemos de novo, e eu te pego desta vez, e nossas risadas nos fazem inclinar o corpo para a frente. Nossas sombras ficam mais longas enquanto o sol desce em direção ao horizonte.

Nossos joelhos se tocam. Começamos outra vez.

Heróis e vilões

Sentada no carro da minha mãe, eu via as pessoas entrando no prédio com suas roupas de heróis e vilões. Vi vários Harry Potters e um número equivalente de Voldemorts. Havia Katniss Everdeens, um punhado de super-heróis clássicos de collant e capa e alguns caras mascarados de roupa preta, como o tipo de bandido que a gente vê em velhos filmes de caubói. Dylan Parker, quem diria, foi com uma fantasia de padre.

Eu não saí do carro.

— Minha querida, você está bem? — mamãe perguntou.

Dois garotos, ambos vestidos de Vingadores, passaram na frente do nosso carro.

Imaginei o ginásio, todo escuro e cheio de faixas de decoração.

O que deu na minha cabeça quando resolvi vir para cá?

— Acho que quero ir para casa — falei.

Mamãe suspirou. Depois procurou na bolsa e tirou seu celular. Ela o pôs na minha mão.

Mas eu continuei sentada no carro.

— Suzy — disse ela. — Quanto tempo leva para ir daqui até em casa?

Um Batman e um Coringa passaram. Eu não consegui identificar quem eles eram.

— Zu? — mamãe insistiu. — Quantos minutos?

— Sei lá — respondi. — Uns cinco?

— E quantos segundos há em cinco minutos? — ela perguntou.
— Trezentos.
— Certo — disse ela. — Então escute o que eu quero que você faça. Você vai entrar lá e dar a esse baile pelo menos trezentos segundos. Se realmente não conseguir suportar, use o celular e me chame. Eu venho buscar você. Está bem? Mas pelo menos passe por aquela porta, Zu.

Trezentos segundos. Isso era tudo que ela estava pedindo.

— Meu bem, ontem mesmo você estava pronta para voar para outro continente.

Sim, mas eu fracassei.

Ela segurou meu queixo e olhou nos meus olhos, só por um momento.

— Você é corajosa, Zu. Mais corajosa do que qualquer outra pessoa que eu conheço. Você consegue fazer isso.

Fechei os olhos depressa para não começar a chorar outra vez.

Quando os abri, olhei para o celular em minhas mãos. Eu queria muito ser capaz de fazer isso. Pela mamãe, mais ainda do que por mim.

Então, como se pudesse ler minha mente, ela falou:

— Por mim, Zu. Você pode pelo menos tentar?

Empurrei um pouquinho a porta, só o suficiente para que a luz dentro do carro se acendesse. Então alguém bateu em minha janela.

— Sininho! — Justin acenou. Ele estava vestido normalmente, mas tinha um chapéu verde com uma pena na cabeça.

Fiquei tão aliviada ao vê-lo que comecei a rir.

— Esse é o Justin da fantasia muito maneira? — mamãe perguntou.

Confirmei com a cabeça.

— Então vamos? — Justin me chamou pela janela.

Eu me virei para minha mãe.

— Você promete? Vai atender o telefone quando eu ligar? E vai vir me buscar na mesma hora?

— Prometo, Zu.

— E não vai parar em nenhum lugar entre aqui e a nossa casa? Se eu ligar daqui a cinco minutos, você vai estar em casa, perto do telefone?

— Eu prometo.

Trezentos segundos.

Respirei fundo. Com o celular da minha mãe firmemente na mão esquerda, saí do carro.

— Você está vestida de quê? — Justin perguntou, olhando para meu boné do Red Sox. — Jogadora de beisebol?

Fechei a porta e fiquei vendo o carro da minha mãe se afastar da calçada. Engoli em seco antes de olhar para ele.

— Só um cara comum — falei. — Um cara comum não pode ser um herói?

— Hum... — Ele passou a mão no queixo. — Não acontece toda hora, mas acho que pode acontecer de vez em quando.

Ouvi o som começar dentro do prédio, uma música que eu não conhecia. Mas, aparentemente, os outros conheciam, porque várias meninas e meninos gritaram e correram para a porta de entrada.

— Ei — disse Justin, apontando para o estacionamento. — Olha ali a sra. Turton. — Ele acenou como louco, fazendo dançar a pena na cabeça. — Oi, sra. Turton!

Ela usava reluzentes tênis prateados, o que eu achei engraçado.

— Do que está vestida, sra. Turton? — Justin perguntou.

Ela abriu o zíper do casaco, pôs as mãos na cintura e parou com o queixo erguido, em uma pose de super-herói. Sob o casaco, ela usava uma camiseta com os dizeres: "EU ENSINO CIÊNCIAS. QUAL É O SEU SUPERPODER?"

— E você, sr. Maloney? — ela quis saber. — É um índio?

— Não — disse Justin. — Mas aposto que a Sininho aqui sabe quem eu sou.

— Sim, eu sei quem você é — respondi.

Os dois ficaram esperando.

— Ele é o Peter Pan — falei, e Justin deu um largo sorriso.

— Ah — disse a sra. Turton. — Bom, espero que Peter Pan esteja pronto para entrar no ritmo, porque a sra. Turton aqui está pronta para dançar. Vejam — ela acrescentou, levantando um de seus tênis no ar. — Eu vim até com meus sapatos de dança.

Justin e a sra. Turton tomaram o rumo da porta da frente. Quando ela abriu uma das portas duplas, o som da música alta vazou para o lado de fora. Justin virou-se para mim.

— Venha, Sininho.

Imaginei a cena dentro do ginásio: círculos de meninos e meninas, pulando com a música. Todas aquelas fantasias. Todo aquele barulho e movimento.

— Preciso dar um telefonema primeiro — respondi.

Virei as costas para a entrada. Contei até trezentos.

Trezentos segundos, o que equivalia a 1.380 novas picadas de água-viva.

Então teclei os números e pressionei o fone no ouvido.

— Alô? — disse a voz do outro lado da linha.

— Pai — falei.

Provavelmente eu não dizia essa palavra, *pai*, há mais de cinco meses. Cinco meses, que são 150 dias, que totalizam milhões e milhões de segundos, mas que eu não podia calcular exatamente quantos naquele momento.

Houve um longo silêncio, como se ele realmente não soubesse quem era ao telefone.

— Eu andei pensando — continuei e mordi o lábio. — Acho que a gente podia mesmo ir ver aquelas trilhas de dinossauros.

Quando papai finalmente respondeu, a voz dele soou estranha. Parecia estar falhando um pouco.

— Está bem — disse ele.

Dentro do prédio, o som mudou. Essa música eu conhecia. Era de alguns anos atrás, quando eu e Franny éramos amigas e eu nunca imaginaria que pudesse ser de outra maneira.

— Quero que o Aaron vá também — pedi.

— Sim — disse papai. — Claro. Claro que o Aaron pode ir junto.

— E o Rocco.

— Está certo. Vou ligar para eles e combinar, querida.

Eu me encostei na parede externa de tijolos da Eugene Field e fiquei ouvindo a música que vinha de dentro do ginásio.

— Mais alguma coisa, Suzy?
— Não — respondi. — Agora não.
Pausa.
— Eu estou muito feliz por você ter ligado, Suzy.
— Tudo bem.
— Vejo você amanhã.
— Tá.
— Mesma hora, mesmo lugar, certo?

Imaginei nossa mesa com bancos de vinil cor-de-rosa no Ming Palace, o aquário e aqueles peixes que só viam seus próprios reflexos. Pensei em todas aquelas noites que eu e papai tínhamos passado sem dizer uma única palavra.

— Não sei — eu disse. — A gente podia experimentar algum lugar novo amanhã.

Foi a vez de meu pai fazer uma pausa.

— Está bem. Onde você quiser, Suzy.
— Certo.
— Certo.

E então, de repente, aquilo pareceu meio constrangedor, porque finalmente eu estava falando, mas não conseguia pensar em mais nada para dizer.

— Tchau, pai.
— Tchau, meu amor. — Eu mal consegui ouvir a voz dele.

Escutei um clique, e ele se foi.

Senti uma batidinha no ombro. Eu me virei, esperando ver Justin. Mas não era Justin. Era Sarah Johnston.

— Oi, Suzy — disse ela. Sarah estava vestida como uma ninja, toda de preto. — Já foi lá dentro?

Sacudi a cabeça.

— Eu também acabei de chegar. — Ela fez uma pausa. — Nunca fui a nenhum baile. Você já foi?

Sacudi a cabeça de novo.

— A gente podia entrar juntas — ela sugeriu. Parecia nervosa. Talvez até... esperançosa. E continuou, como se tentasse se explicar: —

Eu ainda não conheço muitas pessoas por aqui. Acho que prefiro não entrar sozinha.

Fiquei tão surpresa que nem pensei em minhas palavras.

— Mas você tem muitas amigas — falei.

Ela era parceira de laboratório de Aubrey. Eu a tinha visto conversando com Molly. Tinha visto sua camiseta amarrada na cintura, como a das outras.

— Não muito — disse ela. — Quer dizer, eu conheço as pessoas, mas isso não é o mesmo que ter *amigas*.

Sarah Johnston, que fez seu trabalho de ciências sobre formigas-zumbis, porque elas a tinham assustado.

Sarah Johnston, que havia parado para espiar o vídeo na sala da sra. Turton.

Sarah Johnston, que, para ser sincera, sempre me pareceu bem legal.

— A sra. Turton está aí dentro — falei. — Acho que ela e o Justin Maloney estão dançando juntos.

Sarah sorriu.

— Lembra quando a sra. Turton se vestiu de Albert Einstein?

Eu ri.

— Ela é a minha professora favorita — disse Sarah.

— É, a minha também — concordei.

Foi quando eu tive este pensamento: se a sra. Turton estivesse certa, se cada um de nós tivesse vinte bilhões de átomos de Shakespeare em nosso corpo, e Shakespeare viveu quatrocentos anos atrás, do outro lado do oceano, então devemos ter átomos de Franny em nós também. E muito mais que os de Shakespeare, afinal Franny esteve conosco, interagindo, respirando, andando, comendo e rindo. Ela foi uma parte de nós, todos os dias, por um longo, longo tempo.

De repente, eu imaginei o universo como um conjunto gigantesco de Legos, todas aquelas peças construindo formas infinitas, depois se separando para criar outras novas.

Sarah e eu entramos no prédio juntas e paramos na entrada do ginásio. Estava escuro e cheio de faixas de decoração penduradas.

Luzes de diferentes cores circulavam por todo o salão, pontos de luz viajavam pelo chão, paredes, teto e no rosto das pessoas. Se eu apertasse os olhos na medida certa, podia ver apenas as luzes, piscando e se movendo, como estrelas em um céu vazio.

Abri os olhos e vi um ginásio cheio de alunos. Depois os apertei de novo e as luzes se tornaram criaturas submarinas, piscando sua bioluminescência, todos aqueles sinais subaquáticos, umas para as outras.

Imaginei-me flutuando até o teto do ginásio e olhando para baixo, para todos aqueles grupos diferentes que dançavam em seus pequenos círculos. Imaginei como seria ver do alto cada um daqueles círculos se movendo ao ritmo da música, todos aqueles braços e pernas se movimentando para dentro e para fora exatamente no mesmo momento. Cada grupo poderia parecer um batimento cardíaco, talvez.

Ou uma água-viva pulsando.

— Olha, o Justin e a sra. Turton estão ali — disse Sarah, apontando.

Mesmo de longe, eu via que o rosto de Justin já estava suado. Ele inclinava a cabeça para trás e ria. Todos os garotos e garotas em seu grupo juntaram as mãos e moveram os braços em círculo, como se estivessem batendo manteiga. Como se sentisse que eu o observava, Justin me olhou e acenou, me chamando.

Apertei os olhos, e ele desapareceu em mar e céu.

— Quer ir lá? — perguntou Sarah.

O celular de minha mãe ainda estava em minha mão.

Talvez fosse por causa da pulsação. Ou talvez fosse tão simples quanto o aceno de Justin, ou o sorriso de Sarah, ou o jeito como a sra. Turton movia as mãos, em sincronia com os alunos.

Só sei que parei de apertar os olhos, guardei o celular da minha mãe no bolso da camiseta, ao lado da fotografia de Aaron, e respirei fundo.

— Quero — falei para Sarah. — Vamos.

Nota da autora

Embora quase todos os personagens deste livro sejam fictícios, os especialistas em águas-vivas, incluindo Jamie Seymour, são reais. Fiz o melhor que pude para honrar seu trabalho e suas realizações, representando-os da maneira mais factual possível. Há uma única exceção muito grande: a histórica travessia a nado Cuba-Flórida de Diana Nyad, sua quinta tentativa, aconteceu, na verdade, em uma segunda-feira, 2 de setembro de 2013. Considerei a ideia de ficcionalizar seu personagem, bem como os outros pesquisadores, em vez de fazer uma representação errada da data de sua travessia. No fim, porém, decidi não fazer isso. A travessia a nado de Nyad foi uma façanha incrível. Ela demonstrou determinação, tenacidade e força, e merece pleno reconhecimento por sua conquista, ainda que a data não se encaixe bem na cronologia da história de Suzy.

Os moradores da Nova Inglaterra reconhecerão os tanques de contato, a exposição de águas-vivas e os tanques de água marinha gigantes descritos nos primeiros capítulos como parte da experiência da visita ao Aquário da Nova Inglaterra, em Boston, embora a exposição de águas-vivas não descreva especificamente a irukandji.

As fotografias a que a sra. Turton se refere em aula são *Earthrise*, tirada pelo astronauta William Anders, em 1968, durante a missão *Apollo 8*, e *Pale Blue Dot*, tirada em 1990, de uma distância de quase seis bilhões de quilômetros, pela sonda espacial *Voyager 1*, uma nave que viajou toda essa distância usando menos poder computacional que um iPhone. As palavras da sra. Turton sobre essa fotografia ecoam as de Carl Sagan, astrônomo e humanista, em seu livro *Pálido ponto azul: uma visão do futuro da humanidade no espaço*.

O livro sobre o qual Suzy reflete no capítulo "Como não dizer algo importante" é *Winn-Dixie, meu melhor amigo*, de Kate DiCamillo.

O vídeo assistido por Suzy e Justin no capítulo "Polinização" é apresentado na TED Talk do cineasta Louie Schwartzberg, "A beleza oculta da polinização", que você pode ver em TED.com.

O vídeo "Most Astounding Fact" foi feito pelo videomaker Max Schlickenmeyer. Ele combina uma citação do encantador Neil DeGrasse Tyson com imagens obtidas pelo telescópio espacial Hubble e outras imagens do espaço. DeGrasse Tyson fez a declaração para a revista *Time* em 2012, em resposta à pergunta: "Qual é o fato mais impressionante que você pode nos contar sobre o universo?"

Se você gosta de refletir sobre o universo, talvez aprecie o livro *Brevíssima história de quase tudo*, de Bill Bryson (em português: Cia das Letrinhas, 2010), que é uma versão dedicada a crianças de um livro adulto mais longo. Bryson explica as origens do universo, a história natural de nosso planeta e o fato impressionante de nossa própria existência.

Se quiser se maravilhar com águas-vivas e outras criaturas estranhas do mar, com certeza vai adorar *The Deep: The Extraordinary Creatures of the Abyss*, de Claire Nouvian (University of Chicago Press, 2007). É um livro adulto de fotografias, mas o mundo que ele apresenta é surpreendente e fascinante para pessoas de todas as idades.

Agradecimentos

Esta história nasceu de um fracasso. Alguns anos atrás, fiquei fascinada pelas águas-vivas, pelo que elas nos contam sobre nós mesmos e também sobre nosso planeta. Despejei tudo que eu tinha em um artigo de não ficção sobre esses animais e o apresentei com grandes esperanças para uma revista de páginas vistosas. Os editores disseram que estavam bastante interessados. Então seguraram o artigo por um ano e... acabaram por rejeitá-lo.

Eu não estava pronta para me desligar das águas-vivas. Mais ou menos como Suzy, comecei a pesquisar especialistas em águas-vivas e a fazer anotações, sem saber ao certo para onde meus esforços me levariam. E então surgiu esta história.

É verdade o que a sra. Turton diz: realmente aprendemos mais com nossos fracassos do que com nossos sucessos.

Sou imensamente grata à minha agente e amiga Mollie Glick, da Foundry Literary and Media, tanto por seu feedback editorial perspicaz e inteligente como por sua experiência para ajudar este livro a encontrar a casa certa. Obrigada também a Emily Brown, da Foundry, uma leitora de olho afiado e trabalhadora incansável; a Jessica Regel, que ajudou a levar o livro para um público mundial; e a Joy Fowlkes.

Andrea Spooner, talvez por ter dormido durante semanas, em certa ocasião, com um artigo sobre a água-viva imortal em sua mesinha de cabeceira, assumiu corajosamente o risco de um manuscrito esquisito sobre uma menina excêntrica obcecada por uma estranha criatura. Ela o *entendeu*. E depois o guiou com habilidade e atenção. Obrigada também a toda a equipe da Little Brown Books for Young Readers, especialmente a Deirdre Jones, Russell Busse, Victoria Stapleton e Megan Tingley.

Neil Gaiman disse certa vez: "O Google pode lhe dar cem mil respostas; um bibliotecário pode lhe dar a resposta certa". Obrigada a Kirsten Rose e Helen Olshever, por sempre me trazerem a resposta certa para qualquer coisa que eu perguntasse. E também a Elinor Goodwin, da Print Shop de Williamstown, que imprimiu uns oito milhões de cópias de rascunhos para mim. Obrigada ao checador Christopher Berendes, à copidesque Barbara Perris e ao meu amigo Jeffrey Thomas, MD, ph.D., por seus conhecimentos científicos e sua inspiração, bem como por seu apoio incansável.

Agradeço aos alunos da Escola Pine Cobble, especialmente aos membros do clube de redação, por me lembrarem de como crianças podem ser sábias e compreensivas... e também por suas risadas e por serem totalmente incríveis. Por favor, continuem sendo sinceras, verdadeiras, atentas e curiosas, enquanto seguem seu caminho por este mundo complicado.

E um enorme obrigada aos professores de toda parte... incluindo os meus.

Fui abençoada com muitos grandes amigos, entre eles Janine Hetherington, minha melhor leitora; Molly Kerns, minha torcedora mais entusiástica; e Rebeccah Kamp, a rainha oficial de estar sempre pronta a ajudar os outros quando eles precisam.

Obrigada a todos os meus familiares, por estarem do meu lado, sempre.

E meu maior agradecimento às três pessoas com quem eu compartilho meu dia a dia: Blair, cuja presença constante e solidária é prova de que ter me casado com ele continua sendo a decisão menos *paf paf* que já tomei; Merrie, que não me deixa esquecer que a vida e os livros devem ser sempre uma aventura; e Charlotte, cuja curiosidade me abriu portas para incontáveis maravilhas escondidas neste mundo. Eu amo todos vocês.

Impresso no Brasil pelo Sistema Cameron da Divisão Gráfica da
DISTRIBUIDORA RECORD DE SERVIÇOS DE IMPRENSA S.A.